Mathias Metzger

Die magische Höhle

Die verschwundenen Mumien

Mathias Metzger

Die magische Höhle

Die verschwundenen Mumien

Mit Illustrationen von
Isidre Mones und Jordi Bartoll

Die peinlichste Party der Welt

Normalerweise sind Partys etwas Tolles, ein Grund zum Feiern. Aber diesmal war es anders. Julia seufzte tief. Sie hatte einen großen Fehler gemacht. Sie hatte ihren kleinen Bruder Niklas mitgebracht. Das heißt, eigentlich war es gar nicht ihr Fehler.

Es war der elfte Geburtstag ihrer Freundin Laura. Niklas war nicht eingeladen. Aber als sich Julia auf den Weg machen wollte, hatte ihre Mutter einfach gesagt: „Ich habe gerade mit Lauras Mutter telefoniert. Sie hat gesagt, Niklas darf ruhig auch mitkommen!" So eine Gemeinheit!

Anstatt einfach brav in der Ecke zu sitzen, eine Limo zu trinken und die Klappe zu halten, wie es sich für kleine Brüder auf Partys gehört, zu denen sie nicht eingeladen sind, führte er sich auf, als ob er selbst der Gastgeber wäre. Er dachte sich ein blödes Kindergeburtstagsspiel nach dem anderen für die Gäste aus. Zu Julias Überraschung schienen alle außer ihr von seinem Auftritt begeistert zu sein.

„Jetzt spielen wir verstecken“, schlug Niklas vor. „Laura muss uns suchen!“ Verstecken? So was Kindisches! Diesmal mussten sich doch alle mit Grausen abwenden. Aber nein, schon wieder waren alle ihre Freundinnen mit Feuereifer bei der Sache. Julia gab sich geschlagen und trottete missmutig auf der Suche nach einem Versteck los. Ihr Ärger wurde noch größer, als Niklas ihr einfach hinterherging. Vor Wut marschierte sie immer weiter. Durch die Gartentür auf die Straße, die Straße entlang in den Wald. Mit Verstecken hatte das nichts mehr zu tun, dafür war sie längst zu weit weg von Lauras Haus. Sie war einfach nur sauer. Die Party war sowieso verdorben. Und Niklas dackelte einfach hinterher.

„Niklas, du nervst! Du musst mir auch jeden Spaß vermiesen“, maulte sie ihn an. „Ich suche mir jetzt ein gutes Versteck, um dich endlich loszuwerden!“

Ohne sich umzublicken, ging sie einfach querfeldein. Um Niklas endlich abzuschütteln, kletterte sie durch dichtes Gestrüpp eine kleine Anhöhe hinauf. Plötzlich blieb sie verblüfft stehen.

Vor ihr klaffte ein schmales Loch im Hang, das vielleicht einen knappen Meter breit war.
„Was ist, gibst du schon auf?", rief Niklas ihr zu und schloss zu seiner Schwester auf.
„Ich habe den Eingang zu einer Höhle gefunden", sagte Julia aufgeregt. Ihre Wut hatte sie mit einem Schlag vergessen.
„Toll, schauen wir mal rein", entgegnete Niklas begeistert.
„Halt, sei vorsichtig", wollte Julia ihm noch sagen, aber er kroch bereits wild entschlossen

durch die schmale Öffnung. Seufzend folgte sie ihrem Bruder.

Sie fanden sich in einem niedrigen Raum wieder. Die Wände bestanden aus nacktem Felsgestein. Von einer rostigen Colabüchse mal abgesehen, war darin nichts. „Hier geht es weiter", rief Niklas plötzlich und zeigte auf einen schmalen Spalt im Fels. Ohne auf eine Antwort von Julia zu warten, zwängte er sich hindurch und landete in einem engen Gang.

„Ich habe noch einen Raum gefunden", hörte Julia seine Stimme durch den Gang hallen. Sie folgte ihm widerwillig. Nach ein paar Metern war sie wieder bei ihm. Sie standen in einem Raum, der ein bisschen größer als der erste, aber viel dunkler war. Man musste sich gewaltig anstrengen, um überhaupt noch etwas erkennen zu können.

„Sieh mal, was ich hier habe!", schrie Niklas plötzlich. Er griff an die Felswand und Julia bemerkte, dass er nach einer großen Spinne fingerte, die im Fels saß.

„Hör bloß auf mit dem Quatsch!", fuhr sie ihn an und packte ihn unsanft am Arm. Niklas wollte einen Protestschrei loslassen, doch der blieb ihm im Hals stecken. Denn er kam ins Straucheln und riss dabei Julia fast mit um. Sie konnte sich gerade noch an der Felswand abstützen. Als ihre Hand auf den Fels traf, hatte sie das merkwürdige Gefühl, sie würde kurz aufleuchten.

„Hast du das auch gesehen?", rief sie ihrem Bruder zu. Niklas wollte antworten, doch er brachte keinen Ton heraus. Ihm wurde mit einem Mal schwindlig, und er hatte Mühe, das Gleichgewicht zu halten.

Auch Julia fühlte sich wie auf einem schwankenden Schiff. Sie wollte sich am Fels festhalten, hatte aber das Gefühl, in eine Gummiwand zu greifen. Mit einem Mal schien es in der Höhle völlig dunkel zu werden, doch dann wurde sie von einem grellen Lichtstrahl geblendet, der aber wie das Blitzlicht einer Kamera sofort wieder verschwand. Nur um nach einer Sekunde erneut zu erscheinen. Verwundert blickte sie zu Niklas, der sich wie in Zeitlupe zu bewegen schien. Plötzlich hatte sie das Gefühl, mit ihrem Bruder auf einer endlos langen Rutschbahn zu sitzen und mit immer größerer Geschwindigkeit nach unten zu rutschen. Nur dass man nicht sehen konnte, wo die Rutschbahn endete. Voller Angst krallte sie sich an Niklas fest und schloss die Augen. Gerade in dem Augenblick als sie das Gefühl hatte, jetzt könnte es nicht mehr schneller vorangehen, spürte sie, wie sie ruckartig abgebremst wurden und zum Stillstand kamen. Zu ihrer großen Verwunderung stand sie immer noch auf den Beinen.

Julia wagte es kaum, die Augen aufzuschlagen. Als sie es dennoch tat, glaubte sie zu träumen. Die Umgebung hatte sich völlig verändert.
Sie fanden sich in einem muffigen, stickigen und unheimlich heißen Raum wieder, in den kaum Licht drang. Der Fels war verschwunden. Bis auf zwei grob gezimmerte Liegen aus Holz, die auf dem festgestampften Lehmboden standen, war der Raum völlig leer. Die Luft roch nach einer Mischung aus Apotheke und feuchtem Keller.
Auch die Wände bestanden aus glatt gestrichenem Lehm, die flache Decke schien aus Holz-

brettern gezimmert zu sein. An einer Stelle, wo der Lehm abgebröckelt war, konnten sie erkennen, dass darunter Ziegel lagen.

Das spärliche Licht drang nur durch einen schmalen Schlitz unterhalb der Decke ein.

Der Raum hatte eine einzige schmale Tür aus rissigem ungehobeltem Holz. Niklas versuchte sie zu öffnen, aber sie ging nicht auf. Durch einen winzigen Schlitz zwischen Tür und Rahmen konnte er entdecken, dass sie von außen verriegelt war.

Niklas versuchte das zu tun, was er schon so oft im Fernsehen gesehen hatte. Er nahm Anlauf, stieß eine Art Kriegsschrei aus und rannte mit der Schulter gegen die Tür. Im Film reichte das meistens, um Türen zu sprengen. Diese aber war anscheinend nicht ganz so morsch wie sie aussah. Sie gab zwar ein bedrohliches Knacken von sich, aber weder sprang die Tür auf noch zerbrach sie. Im Fernsehen hatte das immer leichter ausgesehen. Voller Wut trat er mit den Füßen dagegen. Doch auch das brachte rein gar nichts. Völlig außer Puste ließ er sich auf eine der Liegen fallen.

„Jetzt beruhige dich mal wieder", sagte Julia. „Es hat keinen Sinn, wenn du ausrastest. Wir sollten besser unser Gehirn benutzen."
Niklas dachte nach. Julia hatte Recht. So kamen sie nicht weiter.
„Es muss irgendwo eine Verbindung zwischen der Höhle und diesem Raum geben", sagte er.
„Genau!", rief Julia. „Also lass uns versuchen, wieder zurückzufinden."
Niklas nickte.
„Was war noch mal genau die Stelle, an der wir angekommen sind?" Niklas ließ seinen Blick umherschweifen. Die Wände sahen allerdings überall gleich aus.
„Hier muss es gewesen sein", meinte er und deutete in eine Ecke der Kammer.
„Und jetzt?", fragte Julia.
Niklas schloss die Augen. „Ich muss mich konzentrieren", behauptete er. Dann fasste er Julia an den Händen und sagte mit beschwörender Stimme: „Wir wollen zurück in die Höhle." Nichts regte sich.
„Vielleicht müssen wir die Wand berühren", vermutete Julia. „Wie vorhin, als ich die Hand

auf den Fels gehalten und dieses Leuchten gesehen habe."

Entschlossen nahm sie ihren Bruder an die linke Hand und presste die rechte an die Wand. Diesmal war es ein Volltreffer. Die Hand schien kurz aufzuleuchten und sofort konnten sie es wieder spüren, das vertraute Gefühl, wie ihnen der Boden unter den Füßen weggezogen wurde. Julia umklammerte mit ihrer Linken fest die rechte Hand ihres Bruders. Doch der riss sich ohne Vorwarnung von ihr los. Und plötzlich hatte Julia das Gefühl, mit einem heftigen Ruck zum Stehen zu kommen. Es war wie ein frontaler Zusammenstoß mit einem Autoscooter.

Entgeistert stellte sie fest, dass sie immer noch in derselben Kammer war wie gerade. Ihr Bruder grinste sie triumphierend an.
„Warum hast du das getan?", protestierte sie wütend. „Wir wollten doch eigentlich von hier verschwinden!"
Niklas schüttelte wild entschlossen den Kopf. Er hatte inzwischen andere Pläne.
„Nicht so schnell. Jetzt wissen wir ja, wie wir wieder zurückfinden können", sagte er. „Bevor wir verschwinden, will ich aber unbedingt wissen, wo wir gelandet sind!"
Julia war nicht gerade begeistert. Aber insgeheim musste sie Niklas Recht geben. Der Gedanke ließ auch ihr keine Ruhe.

Frage: *Woraus bestehen die Wände der Kammer, in der Niklas und Julia landen?*

H: *Aus Lehm.*

F: *Aus Beton.*

Noch nicht trocken genug

Festzustellen, wo sie sich befanden, war leichter gesagt als getan. Die schmale Öffnung unterhalb der Decke konnten sie nur mithilfe einer Räuberleiter erreichen.

Niklas war der Leichtere der beiden, also stieg er auf Julias Hände. Er hatte Glück und schaffte es gerade hoch genug, um einen Blick nach draußen riskieren zu können.

Was man durch den engen Spalt wahrnehmen konnte, war nur ein winziger Ausschnitt der Welt. Doch es reichte, um ihm eines sofort klarzumachen: Sie waren nicht einmal mehr in der Nähe ihrer Höhle!

„Ich glaube, ich spinne", platzte es aus Niklas heraus.

„Was siehst du?", fragte Julia ungeduldig.

„Nichts", sagte Niklas mit tonloser Stimme.

Julia verdrehte genervt die Augen. Typisch ihr Bruder. Das war mal wieder völliger Quatsch! Von draußen schien die Sonne herein, also war es hell. Niklas musste einfach irgendetwas sehen!

„Erzähl keinen Blödsinn", stieß Julia hervor. Es war schon hart genug, ihren Bruder so lange zu stützen, auch wenn er nicht gerade ein Schwergewicht war. Und dann redete Niklas nichts als Unsinn!

„Was heißt hier nichts?", zischte sie ihn unwirsch an.

„So gut wie nichts", antwortete er einschränkend. „Das musst du dir selbst ansehen."

Er sprang zu Boden und hielt Julia die Hände hin, ohne auf ihren fragenden Blick zu reagieren. Julia zuckte mit den Achseln und stieg nach oben. Dort angekommen verstand sie, was Niklas gemeint hatte. Zugegeben, seine Beschreibung von dem, was er gesehen hatte, war gar nicht so schlecht, wie sie zunächst gedacht hatte. Da war wirklich fast nichts. Sie blickte auf eine eintönige, flache Stein- und Sandwüste. Das Einzige, was ein bisschen Farbe in die Einöde brachte, war die tief stehende Sonne, die sicher bald in prächtigen Farben unterging. Daraus konnte Julia wenigstens schließen, dass die Öffnung nach Westen ging. Da sie nicht den blassesten Schimmer hatte, wo sie waren, half

ihr das allerdings auch nicht viel weiter. Sie dachte angestrengt nach, was das zu bedeuten hatte.

„Sag mal, so viel gibt es da doch wirklich nicht zu sehen", meldete sich plötzlich Niklas von unten. „Ich muss mich unbedingt mal am Kopf kratzen und habe keine Hand frei."

Julia blickte nach unten, wo Niklas nach Luft schnappte. Sie hatte ihn beinahe vergessen. Er war natürlich viel zu stolz, um zuzugeben, dass er nicht mehr konnte.

Als sie mit einem Sprung wieder auf dem Boden landete, sackte er erschöpft in sich zusammen

und hechelte nach Luft. Dass er sich eigentlich am Kopf kratzen wollte, hatte er anscheinend völlig vergessen.
„Ich fürchte, heute finden wir nicht mehr heraus, wo wir sind“, meinte Julia. „Die Sonne steht schon ziemlich tief.“
Wie zur Bestätigung ihrer Worte wurde es innerhalb weniger Minuten stockdunkel. Sie konnten einander nicht mehr sehen und sich nur noch tastend bewegen. Natürlich gab es keine Möglichkeit irgendwie Licht zu machen. Im Augenblick war es wirklich egal, wo sie gelandet waren. Die Dunkelheit war jetzt ein viel größeres Problem. Und gegen dieses Problem half nur Abwarten, bis es wieder hell wurde.
„Wenigstens sind diese komischen Liegen da“, sagte Niklas ermattet. „Bleibt uns wohl nichts anderes übrig, als uns hinzulegen und dort zu übernachten.“ Er ließ sich auf eine der Liegen fallen. Das Gestell knirschte und knarrte bedrohlich, aber anders als Niklas schon befürchtet hatte, krachte es nicht in sich zusammen.
Wenigstens hielt die Nacht auch eine kleine Erleichterung bereit. Nach der unerträglich sti-

ckigen Hitze kühlte es jetzt spürbar ab. Sonst wäre die Nacht in dieser Sauna auch unerträglich gewesen. Aber jetzt mussten sie sogar zu den Leinentüchern greifen, die auf den Liegen ausgebreitet waren, und sich damit zudecken. Hätten sie gewusst, wozu diese Tücher eigentlich dienten, hätten sie das trotz der Kälte vermutlich gelassen. Aber das sollten sie erst erfahren, als es schon zu spät war.

Einmal glaubten sie kurz, in der Ferne Stimmen zu hören, sie waren sich aber nicht sicher. Das konnte auch der Wind gewesen sein, der über die Felsen rauschte.
Doch davon abgesehen war es nur dunkel, kühl, und, vom gelegentlichen Heulen eines Hundes in der Ferne abgesehen, totenstill.
Julia lag noch eine ganze Weile wach und hing ihren Gedanken nach, bis sie endlich einschlafen konnte.
Niklas hatte das Gefühl, überhaupt nicht einschlafen zu können. Aber er wusste, manchmal bildet man sich das nur ein, obwohl man in Wirklichkeit schon tief schläft und träumt.

Schließlich hatte er dann einen wirklich äußerst merkwürdigen Traum.
Er war im Krankenhaus und lag auf einem Operationstisch. Zwei Ärzte in langen weißen Kitteln waren über ihn gebeugt und unterhielten sich mit gedämpften Stimmen. Wollten sie ihn etwa aufschneiden? Ihm fehlte doch gar nichts.
Niklas versuchte, die Augen aufzuschlagen. Es ging ganz leicht. Aber es nützte nichts. Die beiden merkwürdigen Gestalten waren immer noch da. Jetzt konnte Niklas erkennen, dass der eine schon ziemlich alt war. Er hatte kurze graue Haare, große Ohren, ein braun gebranntes Gesicht und eine lange, spitze Nase. Ein wenig erinnerte er Niklas an seinen Großvater, von der Sonnenbräune mal abgesehen. Außerdem war er bestimmt einen ganzen Kopf kleiner als Opa. Seltsamerweise ging der alte Mann barfuß. Der andere war dagegen höchstens ein paar Jahre älter als er selbst. Auch er hatte keine Schuhe an. Wenn das ein Krankenhaus war, dann war es das komischste, das er je gesehen hatte. Ärzte ohne Schuhe. Und Kinder, die als Ärzte

arbeiteten. Wo gab es denn so etwas? Plötzlich hörte er, wie der Alte dem Jungen einen Vortrag zu halten begann:

„Man muss sich Zeit lassen. Das ist das Allerwichtigste. Viel Zeit und Sorgfalt. Die beiden Mumien hier zum Beispiel sind noch lange nicht gut genug getrocknet", sagte er und zeigte auf Niklas und Julia. „Die brauchen schon noch ein paar Tage." Niklas hielt den Atem an. Der Junge fragte nach:

„Kann man da nicht irgendwie nachhelfen, damit es schneller geht, Meister Imhotep?"

„Nein, Meni", beharrte der Alte. „Sie müssen ganz langsam austrocknen, sonst können sie Risse bekommen. Es wird also noch eine Weile dauern, bis wir sie in den Sarkophag legen können."

Frage: *Womit decken sich Niklas und Julia zu?*

I: *Mit Leinentüchern.*

L: *Mit Wolldecken.*

Niklas versuchte zu Julia hinüberzuschielen. Zum Glück war auch sie aufgewacht, und ihre Blicke trafen sich. Damit wurde ihm endgültig klar, dass er nicht träumte.
Beide hielten angespannt den Atem an und sagten kein Wort. Das war auch nicht nötig. Sie wussten, sie hatten den gleichen Gedanken: Was ging hier vor sich, und wovon redete der alte Mann, den der Junge Imhotep genannt hatte, bloß?
Und was am merkwürdigsten war: Die zwei Gestalten schienen sich über die Anwesenheit von Niklas und Julia nicht im Geringsten zu wundern. Es war vielmehr ganz so, als hätten sie erwartet, sie hier zu finden.
„Auf keinen Fall dürfen die Mumien ins direkte Sonnenlicht gelegt werden“, belehrte der alte Mann seinen Begleiter. „Darum müssen sie die nächsten Tage im Schuppen bleiben, bei ganz wenig Licht.“
„Woran merke ich, wann die Mumien fertig sind?“, fragte der Junge.

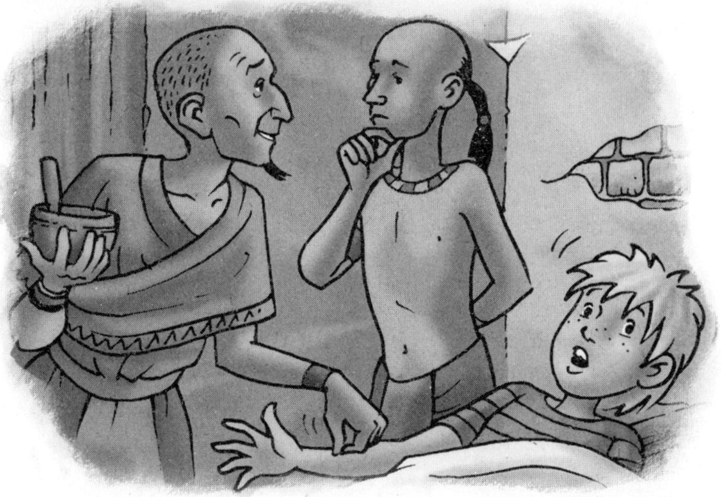

„Das kann man leicht durch sanften Druck auf den Unterarm feststellen. Sieh gut zu und präge dir ein, was ich mache, damit du es lernst. So etwa …“, erklärte der Alte weiter.
Von wegen sanft! Der Alte zwickte Niklas so fest in den Arm, wie es sogar Julia noch nie geschafft hatte. Außerdem hatte er unglaublich spitze Fingernägel.
Da der Schmerz so überraschend kam, riss Niklas in Panik seinen Arm mit einem Ruck zurück und stieß einen markerschütternden Schrei aus. Halb um ihrem Bruder beizustehen, halb vor Schreck über den spitzen Schrei sprang Julia

von ihrer Liege hoch und stand den beiden Gestalten jetzt Auge in Auge gegenüber. Die Hände hatte sie abwehrbereit oben.
Der Alte stand für einen Augenblick da wie angefroren. Mit offenem Mund drehte er langsam den Kopf zu seinem jungen Begleiter und tauschte einen kurzen Blick mit ihm aus. Ganz gemächlich schwenkte er seinen Blick wieder zu Niklas und Julia. Er rieb sich kurz die Augen und starrte sie noch einmal an. Und dann stieß er einen Schrei des Entsetzens aus und ergriff die Flucht. In einer Geschwindigkeit, die für sein Alter mehr als erstaunlich war, raste er zur Tür und war verschwunden. Niklas und Julia hatten noch nie einen Menschen so schnell weglaufen sehen. Die beiden sahen ihm verwundert hinterher.
Der Junge, den der alte Mann Meni genannt hatte, stand dagegen wie erstarrt und mit offenem Mund da. Seine Knie zitterten, und er sah aus, als ob er sich am liebsten in Luft aufgelöst hätte. Er schien schreckliche Angst zu haben. Aber wovor? Vor ihnen doch nicht, das war unmöglich. Sie waren doch völlig harmlos. Außer-

dem schien der Junge drei, vier Jahre älter zu sein als Julia und stärker wirkte er auch. Plötzlich ging er in die Knie und warf sich vor Niklas und Julia in den Staub.
„Großmächtiger Pharao, ehrwürdiger Herrscher Mentuhotep", rief er dem völlig verdutzten Niklas zu, das Gesicht fest auf den Boden gepresst. „Du bist zu den Lebenden zurückgekehrt! Und die ehrwürdige Königin Selket hast du aus dem Totenreich mit dir gebracht. Groß ist die Macht der Götter!"
Ehrwürdige Königin Selket? Damit sollte wohl Julia gemeint sein. Sie konnte sich nicht mehr zurückhalten und fing laut an zu kichern. Damit steckte sie ihren Bruder an und die beiden lachten bis ihnen die Bäuche wehtaten.

Frage: *Wofür werden Niklas und Julia gehalten?*
B: *Für Touristen.*
E: *Für lebende Mumien.*

Gute und schlechte Nachrichten

Der komische Auftritt des Jungen hatte einen großen Vorteil. Dadurch konnten sich Niklas und Julia endlich zusammenreimen, wo sie gelandet waren. Sie konnten sich zwar nicht erklären, wie das gegangen war, aber sie mussten sich in Ägypten befinden. Nach dem ganzen Gerede über Mumien war Julia darüber nicht mehr besonders überrascht.

Überrascht war allerdings der Junge, nämlich von der unerklärlichen Heiterkeit der beiden. Verwundert richtete er sich langsam auf und starrte sie aus großen Augen an. Schließlich brachte er seinen ganzen Mut auf und wagte es, Niklas anzusprechen.

„Warum verlachst du mich, mächtiger Herrscher?", röchelte er mit zitternder Stimme.

Niklas bemühte sich redlich, endlich mit dem Lachen aufzuhören, aber das war gar nicht so einfach.

„Der großmächtige Herrscher geruht zu ...", begann er, doch Julia prustete daraufhin los und Niklas bekam einen erneuten Lachanfall.

Julia unternahm einen Erklärungsversuch. Der arme Junge war ja schon völlig aufgelöst.
„Wir sind keine Herrscher", sagte sie mit fester Stimme. „Wir sind auch nicht von den Toten auferstanden, sondern schon die ganze Zeit quicklebendig. Es war mehr oder weniger Zufall, dass wir hier gelandet sind."
Der Junge starrte sie verständnislos an. So einfach war er nicht zu überzeugen.
„Wie kommst du überhaupt darauf, wir könnten Herrscher sein?", meinte sie. „Sehen wir vielleicht wie Selket und Mentu... Wie hieß der noch mal? Also, sehen wir wie Könige aus?"
Der Junge bemühte sich, seine Angst zu beherrschen und erklärte: „Jedenfalls lagen gestern da, wo ihr jetzt gelegen habt, noch der Pharao Mentuhotep und seine Schwester, die Pharaonin Selket. Die beiden sind vor wenigen Wochen an der Malaria gestorben, kurz nachdem sie geheiratet haben."
Bei dieser Erinnerung fing der Junge fast an zu weinen.
„Sie waren doch erst 11 Jahre alt", fuhr er mit zitternder Stimme fort.

Jetzt verstand Julia. Die Mumien mussten ungefähr ihre Größe gehabt haben. Und wenn man da so unter dem Leinentuch lag, bei dem schummrigen Licht, da konnte man schon getäuscht werden.
„Der arme Pharao musste seine große Schwester heiraten?", kicherte Niklas. „Wie schrecklich!"
„Hältst du vielleicht mal die Klappe!", zischte Julia.
„Bei unseren Pharaonen ist das nun einmal so Brauch", meinte Meni. „Das weiß doch jedes Kind."
Niklas und Julia war das neu.
„Aber ihr müsst doch gesehen haben, dass wir lebendig sind?", sagte Julia.
„In diesem Schuppen ist ziemlich schlechtes Licht", entgegnete Meni. „Und seht euch doch mal selber an. So blass wie ihr seid, kann man wirklich nicht ahnen, dass ihr lebt."
Niklas und Julia schauten sich verdutzt an. Hm, mit der Bräune des Jungen konnten sie natürlich nicht mithalten. Klar, dass sie mit ihrer Blässe hier auffielen.

Außerdem hatten sie gewaltige Schwierigkeiten, dem Jungen eine Erklärung für ihre Anwesenheit zu liefern. Der blickte sie immer noch misstrauisch an, wenn auch nicht mehr so voller Angst wie vorhin.
„Der Raum war von außen verriegelt!", sagte er. „Wie wollt ihr hineingekommen sein, wenn ihr keine Geister seid?"
Julia hatte keine Zeit, sich lange Erklärungen auszudenken. „Er war offen, als wir gekommen sind", schwindelte sie einfach. „Wir haben auch gehört, wie ihn später jemand verriegelt hat."
„Und woher seid ihr?", beharrte Meni. „Ihr seid doch keine Ägypter!"
„Wir kommen aus dem Norden", erklärte Julia. „Wir sind seit Tagen unterwegs und haben gestern ein Nachtquartier gesucht. Da haben wir durch Zufall diesen leeren Schuppen entdeckt und uns dort niedergelegt. Wenn er nicht verriegelt worden wäre, wären wir längst wieder weg und niemand hätte unsere Anwesenheit bemerkt."
Der Junge schien ihre schlecht erfundene Geschichte zu glauben, stellte Julia zufrieden fest.

„Dann seid ihr aus Assyrien?“, fragte Meni.
Niklas dachte angestrengt nach. Assyrien … Nie gehört. Was sollte das sein? Aber bitte, wenn das den Jungen glücklich machte, dann kamen sie eben aus Assyrien.
„Ja, genau“, antwortete er kurz entschlossen.
„Das habe ich mir gleich gedacht“, sagte der Junge mit zufriedenem Grinsen. Doch so ganz überzeugt war er noch nicht. „Ich habe schon mal Leute aus Assyrien gesehen, ihr seid aber noch viel heller als die“, meinte er und kratzte sich nachdenklich am Kopf.
Dazu fiel Niklas so schnell nichts ein. Aber Julia sprang ihm zur Seite.

„Wir sind aus dem hohen Norden von Assyrien", erklärte sie ihm und ihrem verdutzten Bruder. „Da sehen alle so aus wie wir. Die Leute, die du gesehen hast, waren bestimmt Süd-Assyrer."

Damit gab sich Meni endlich zufrieden. Er war sogar heilfroh und erleichtert, endlich eine Erklärung für all das Unfassbare zu haben.

„Ich habe schon mal Assyrer getroffen, die nach Ägypten gekommen sind, um das Schiffbauer-Handwerk zu erlernen", erzählte er.

Schiffbauer? Warum eigentlich nicht?

„Ja, ja, deswegen sind wir auch hier", log Julia.

„Ich werde dem Meister die Sache erklären", verkündete Meni, sichtlich stolz darauf, seinem Meister auch endlich einmal etwas beibringen zu können.

Der Junge ging aus dem Schuppen und rief laut nach seinem Meister.

Niklas und Julia setzten sich auf die Liegen und warteten. Es dauerte eine ganze Weile, bis Meni zurückkam. Anscheinend ließ sich Meister Imhotep nicht so leicht von ihrer Harmlosigkeit überzeugen.

Als er sie dort sitzen sah, blieb er im Türrahmen stehen und steckte zunächst nur vorsichtig den Kopf hinein. Meni ging tapfer voran, fasste Niklas und Julia an den Händen und zog sie vor Imhotep.

„Seht ihr, es sind Menschen wie wir. Sie sind Ausländer aus dem Norden Assyriens, deswegen sehen sie so blass aus", erklärte er voller Stolz über sein gerade frischerworbenes Wissen. „Scheintote oder Geister sind es jedenfalls nicht."

Imhotep starrte sie eine Weile an ohne ein Wort zu sagen, dann nickte er nur kurz, atmete tief durch und kam zögernd näher. Er sah alles andere als erleichtert aus.

Meni sah ihn unsicher an. „Das ist doch eine gute Nachricht, Meister, oder?", fragte er besorgt.

„Von wegen", entgegnete Imhotep betrübt. „Das ist die schlimmste Nachricht meines Lebens. Schlimmer hätte es nicht kommen können. Jetzt ist alles aus."

Meni verstand die Welt nicht mehr und Niklas und Julia ging es genauso.

„Begreifst du nicht, was das bedeutet?", jammerte Imhotep. „Das bedeutet, sie sind weg! Die königlichen Mumien sind verschwunden!"

Frage: *Welches Handwerk wollen Niklas und Julia in Ägypten angeblich lernen?*

R: *Sie wollen Schiffbauer werden.*

S: *Sie wollen Einbalsamierer werden.*

Meni ließ den Kopf hängen. Vor lauter Aufregung über die merkwürdigen Besucher aus dem Norden, hatte er die zwei Mumien völlig vergessen. Dabei waren die Verschwundenen nicht irgendwer. Es handelte sich um den Pharao und seine Gemahlin und sie waren Imhotep anvertraut worden. Und damit irgendwie auch ihm selbst.

„Vielleicht waren sie ja doch nur scheintot?", versuchte er seinen Meister zu beruhigen. Der schüttelte traurig den Kopf.

„Auf gar keinen Fall. Ich habe schon Hunderte von Mumien einbalsamiert und kenne mich da genau aus."

Imhotep schien völlig verzweifelt zu sein. Niklas wollte etwas Tröstendes sagen und wandte sich an ihn: „Ist wirklich schade, wenn sie verschwunden sind", sagte er. „Aber ist es wirklich so schlimm? Ich meine, die sind doch sowieso schon tot, oder?"

Imhotep starrte ihn verdutzt an. Wie konnte man nur so dumme Fragen stellen? Aber die

Kinder waren eben nicht von hier, da musste man nachsichtig sein.

„Wenn die Mumien nicht ordnungsgemäß einbalsamiert werden, können ihre Seelen keinen Frieden finden", erklärte er geduldig. „Aber das ist nur das eine. Das andere ist, dass ich gewaltige Schwierigkeiten mit der königlichen Familie bekommen werde, wenn sie nicht mehr auftauchen."

„Musst du dann Strafe bezahlen?", fragte Niklas nach. Obwohl ihm zum Weinen zumute war, musste Imhotep kurz auflachen.

„Strafe bezahlen? Ich schätze eher, ich kann mich dann gleich selbst den Krokodilen zum Fraß vorwerfen. Wir müssen sie unbedingt finden! Die Zeit drängt, man kann Mumien nämlich nicht lange aufbewahren. Außer sie befinden sich in der Obhut von Experten wie mir. Aber Diebe und Verbrecher verfügen wohl kaum über das nötige Fachwissen, um sorgfältig mit Mumien umzugehen."

Meni nickte. „Es kann auch nicht mehr allzu lange dauern, bis der Verlust bemerkt wird", sagte er nachdenklich. „Nächste Woche wollte

der Priester des Osiris kommen und eine erste Zeremonie mit den Mumien abhalten. Was erzählen wir dem, wenn sie nicht da sind?"
„Gibt es hier keine Polizei oder so etwas Ähnliches?", fragte Niklas. „Die könnten doch eine Fahndung einleiten? Es muss doch Experten für solche Fälle geben."
„Das Verschwinden der Mumien darf sich auf keinen Fall herumsprechen", unterbrach ihn Imhotep. „Wir müssen sie selbst suchen und nur die, die ohnehin schon Bescheid wissen, dürfen sich an der Suche beteiligen."
Damit war klar, dass Imhotep sie für die kleine Suchmannschaft bereits eingeplant hatte.
Sie waren fest entschlossen, ihm zu helfen und die verschwundenen Mumien zu finden. Begeistert machten sie sich an die Arbeit und begannen, die Umgebung zu durchkämmen. Zunächst durchsuchten sie jeden Winkel von Imhoteps flachem Ziegelhaus, das neben dem Schuppen stand, in dem sie angekommen waren. Es war von vornherein unwahrscheinlich, ausgerechnet dort etwas zu finden, aber irgendwo mussten sie anfangen. Nach und nach

dehnten sie die Suche immer weiter aus. Niklas meldete sich sogar freiwillig, in den Ziehbrunnen im Hof hinabzuklettern. Aber auch dort war nichts.
Sie hatten bereits ein paar Stunden vergeblich nach den verschwundenen Mumien Ausschau gehalten. Die Sonne stieg unaufhaltsam höher, und je höher sie stieg desto mehr kamen Niklas und Julia ins Schwitzen. Meni und seinem Meister schien die Hitze zunächst wenig auszumachen, aber gegen Mittag wurde es selbst ihnen zu viel.
Sie setzten sich vor das Haus in den Schatten der Dattelpalmen, um sich auszuruhen.
Imhotep verschwand nach drinnen.
„Was lernt man eigentlich so als Einbalsamierer?", erkundigte sich Julia bei Meni.
„Man muss lernen, wie man die Toten konservieren kann", erklärte er. „Zuerst schneidet man sie auf, dann nimmt man alles, was drin ist, heraus, dann werden sie gereinigt und getrocknet ... Äääh, habe ich was Falsches gesagt?"
Er bemerkte, wie Julia seltsam grün im Gesicht wurde.

„Nein, nein“, beeilte sie sich zu sagen. „Das ist nur nicht besonders appetitlich.“
„Man gewöhnt sich an alles. Erst übt man nur mit Tieren. Mit Hunden und Katzen vor allem. Aber seit diesem Jahr darf ich dem Meister bei den wichtigsten Arbeiten helfen.“
Julia war bedient. Sie war froh, als nach kurzer Zeit Imhotep mit einer Platte voller Essen zurückkam. Menis Erzählungen hatten sie zwar nicht gerade hungrig gemacht, aber jetzt hörte er wenigstens damit auf. Was sich in den Tonschüsseln auf der Platte befand, sah allerdings auch nicht gerade appetitlich aus.
Das Beste war noch ein Stück Wassermelone, das jeder bekam. Niklas und Julia bissen herzhaft hinein. Allerdings bestand die Melone zum Großteil aus Kernen, das war schon mal die erste Pleite. Aber noch nichts im Vergleich zu der grauen Pampe, die in der großen Schüssel vor sich hin dampfte.
„Wir dürfen heute keine Zeit mit Backen verlieren“, erklärte Imhotep. „Also habe ich das Mehl einfach mit heißem Wasser und Milch vermischt.“

Niklas und Julia starrten den kleisterartigen Brei unschlüssig an.
„Worauf wartet ihr, greift zu!", sagte Imhotep, fuhr mit der Hand in die große Schüssel und schnappte sich eine gewaltige Menge der Pampe. Laut schmatzend und mit sichtlichem Vergnügen verschlang er die Köstlichkeit.
Dann hob er den Deckel einer anderen Schüssel hoch. Darin lag ein Haufen verschrumpelter kleiner Fische. Er schnappte sich einen davon und schob ihn sich mitsamt Kopf und Schwanz in den Mund. Meni griff ebenfalls zu.

„Wir können uns zum Essen nicht allzu viel Zeit lassen", drängte Imhotep.
Niklas und Julia schluckten. Sie warfen einen Blick zu Meni, aber der mampfte den Fraß weg, als ob er nie etwas Besseres bekommen hätte. Na, wer weiß, vielleicht war es ja auch so …
Schließlich nahm Niklas seinen ganzen Mut zusammen und begann zu essen. Die Fische schmeckten unglaublich salzig und waren voller kleiner spitzer Gräten. Der Mehlbrei sah grauenhaft aus und er schmeckte, wie er aussah. Zu trinken gab es nur Wasser.
Sie zwangen sich, etwas von dem Zeug hinunterzuwürgen. Wenn man nicht so genau hinschaute, was man aß, wenn man schnell kaute und das Ganze mit viel Wasser runterspülte, ging es. Man durfte nur nicht den Fehler machen, den Fischen in die Augen zu schauen. Dann ging gar nichts mehr. Zum Glück hatte Meni großen Appetit. Obwohl sie kaum etwas anrührten, war nach kurzer Zeit nichts mehr da.
„Ich brauche unbedingt was, um diesen grässlichen Geschmack aus dem Mund zu bekommen", sagte Niklas. „Und ich weiß auch schon,

was." Er kramte in seiner Hosentasche herum und brachte die berüchtigte knallrote Packung zum Vorschein. Julia schlug die Hände über dem Kopf zusammen.

„Fragt sich nur, welcher Geschmack grässlicher ist", seufzte sie.

Niklas und sein widerlicher Kaugummi mit dem künstlichen Kirschgeschmack, das war etwas, worüber sich die Geschwister nie einig werden konnten.

Während sich Julia angeekelt abwandte, beobachtete Meni fasziniert, wie Niklas den Kaugummi aus dem knallroten Papier wickelte und genüsslich in den Mund schob.

„Ist das ein Konfekt aus Assyrien?", fragte er neugierig.

„So etwas Ähnliches", antwortete Niklas grinsend. Gönnerhaft drückte er Meni einen in die Hand. Der beäugte das kleine Paket interessiert von allen Seiten, schnupperte daran und begann, es umständlich auszuwickeln. Zögernd steckte er sich den Kaugummi in den Mund und seine Miene hellte sich sofort auf. Das Konfekt des Assyrers schmeckte süß und nach unbekannten Früchten. Ein Lächeln erschien auf seinem Gesicht. Er kaute mit Genuss darauf herum. Und kaute und kaute. Aber das Konfekt schien verzaubert zu sein. So sehr er auch darauf herumkaute, es ließ sich einfach nicht wegkauen. Verunsichert blickte er zu Niklas, der ihm aufmunternd zugrinste. Meni bekam langsam Angst, etwas falsch zu machen. Schließlich biss er noch dreimal besonders kräftig auf die Süßigkeit und schluckte sie dann beherzt hinunter. Es war ein merkwürdiges Gefühl, als der kleine, zähe Kloß langsam in Richtung seines Magens rutschte.

Niklas starrte ihn entgeistert an.

„Hast du das Ding jetzt etwa runtergeschluckt?", fragte er ungläubig.

„Gewiss", entgegnete Meni. „War … war das verkehrt?"

Niklas schüttelte den Kopf.

„So macht man das", erklärte er Meni. Er streckte die Zunge heraus, auf der der hellrote Kaugummi lag. Ganz langsam zog er sie wieder ein, kaute das Ding mit ein paar Bissen in die richtige Form und machte eine große Blase. Als

sie fast auf doppelte Tennisballgröße aufgepumpt war, brachte er sie mit einem dumpfen Knall zum Platzen.
Meni war entsetzt.
„Was ist das für ein grässlicher Zauber?“, rief er erschüttert. „Das Zeug hält den härtesten Zähnen stand. Dann sorgt es dafür, dass das Innerste des Leibes nach außen gestülpt wird, wo es einfach zerplatzt! Und ich habe es gegessen!“
Unter seiner sonnenverbrannten Haut schien er ganz blass zu werden.

Aus traurigen Augen blickte er Niklas an und fragte mit schwacher, kaum hörbarer Stimme: „Muss ich jetzt sterben?"

Statt zu antworten brach Niklas in brüllendes Gelächter aus. Meni konnte wieder einmal nicht begreifen, was diese Assyrer so witzig fanden. Aber anscheinend schwebte er nicht in akuter Lebensgefahr, so viel verstand er zumindest.

Niklas klopfte ihm immer noch lachend auf die Schulter und kramte aus der Hostentasche seinen letzten Kaugummi heraus.

„Willst du vielleicht noch einen?", fragte er grinsend.

Meni kreuzte die Hände über der Brust und schüttelte heftig den Kopf.

„Nein, danke", sagte er entschieden. „Ich mache mich wieder auf die Suche." Der tödlichen Gefahr gerade noch einmal entronnen, machte er sich mit noch etwas unsicheren Schritten auf den Weg.

Julia warf Niklas einen strafenden Blick zu.

„Das habe ich doch nicht gewollt", verteidigte sich Niklas.

„Hättest du dir aber denken können", beharrte Julia. „Das war schon das zweite Mal nach unserer Ankunft, dass wir dem armen Meni einen Riesenschrecken eingejagt haben."
Niklas zuckte ungerührt mit den Schultern und schob sich seinen letzten Kaugummi in den Mund. „Na und wenn schon, dann war das eben die Rache für den grässlichen Fraß."
Julia verdrehte die Augen.

Die Sucherei ging noch stundenlang weiter. Sie suchten am Bach, vor dem Haus, hinter dem Haus, durchkämmten das Schilf und drehten jeden Stein um. Im Umkreis von mindestens zweihundert Metern um das Haus Imhoteps gab es keine Stelle mehr, die sie nicht durchsucht hatten.
Es war hoffnungslos. Sie würden die Mumien heute nicht mehr finden. Das wurde Julia kurz vor Einsetzen der Abenddämmerung klar. Denn Imhotep und Meni begannen jetzt, auch an den unmöglichsten Stellen zu suchen. Stellen, an denen die Mumien einfach nicht versteckt sein konnten. Imhotep drehte zum fünften Mal

einen großen Korb um. Der war allerdings immer noch viel zu klein, um eine Mumie darin zu verstecken. Meni graste noch einmal alle Orte ab, die sie schon dreimal überprüft hatten. Das war nur noch die pure Verzweiflung.
Mit dem Einbruch der Dunkelheit gaben sie auf. Jetzt, wo man nichts mehr sehen konnte, hatte es ohnehin keinen Sinn mehr.
Imhotep zeigte ihnen eine kleine Kammer in seinem Haus, wo sie schlafen konnten.
Darin standen zwei Liegen, ganz so wie die, auf denen sie die letzte Nacht verbracht hatten. Und darauf lagen Leinentücher zum Zudecken sowie zwei merkwürdig aussehende Gewänder. Sie zogen sich schnell um und legten sich sofort schlafen.
Julia schoss ein Gedanke durch den Kopf. Sie musste an die Leinentücher denken, unter denen sie gestern geschlafen hatten, und dass darin vorher die Mumien eingewickelt waren. Sie schauderte und wälzte sich noch stundenlang schlaflos hin und her.
Mitten in der Nacht hörte sie plötzlich ein merkwürdiges Geräusch. Es war, als ob jemand an

die Tür klopfen würde. Darauf folgte ein dumpfes Scheppern. Eine Katze fauchte und schrie, woraufhin auch Niklas erwachte. Sie schreckten beide hoch und rannten los.

Frage: *Wovor fürchtet sich Imhotep?*

P: *Dass er eine Strafe zahlen muss.*

O: *Dass er an die Krokodile verfüttert wird.*

Niklas und Julia waren als Erste an der Tür. Sie war fest verschlossen. Wenn es sich um Einbrecher handelte, waren sie noch rechtzeitig gestört worden und geflüchtet. Sie rissen die Tür auf und sahen sich um.

„Wer ist da?", rief Niklas in die finstere Nacht hinein. Er bekam keine Antwort. Sie konnten gerade noch erkennen, wie ein Schatten hinter dem Gebüsch aus Papyrusstauden verschwand, das ein paar Meter vor dem Haus lag. War das wirklich ein Einbrecher? Ganz sicher waren sie sich nicht. Das konnte genauso gut ein Tier oder einfach nur der Wind gewesen sein.

Inzwischen war auch Meni eingetroffen und als Letzter kam Imhotep gähnend und mit einem Öllämpchen in der Hand an, das mehr Ruß als Helligkeit verbreitete.

„Macht, dass ihr wieder ins Bett kommt!", schimpfte er. „Hier ist nichts. Machen die Katzen in Assyrien nachts keinen Krach?"

Julia überlegte noch, ob sie ihm etwas von dem Schatten erzählen sollte, den sie und Niklas

gesehen hatten, da stieß sie mit dem Fuß an etwas. Durch ein lautes Klirren und den plötzlichen Schmerz in ihrem großen Zeh ziemlich erschrocken, stieß Julia einen unterdrückten Schrei aus.
Imhotep tröstete sie mit väterlich beruhigendem Ton: „Das ist nur eine Scherbe, mein Mädchen. Kein Grund, zu erschrecken."
Daraufhin wandte er sich wesentlich weniger freundlich an Meni: „Wer hat den Wasserkrug zerbrochen?", fragte er drohend. „Warst du das schon wieder?"
„Nein", entgegnete Meni mit ehrlicher Entrüstung.
Julia bückte sich und hob die Scherbe auf, die etwas kleiner als eine Spielkarte war. Offenbar war sie wirklich aus einem Krug herausgebrochen. Denn sie war dreieckig und ein bisschen gewölbt. Trotz des fahlen Lichts von Imhoteps Öllampe konnte sie kleine Zeichen erkennen, die darauf eingeritzt waren.
„Da steht was!", rief sie aufgeregt. „Das müssen Schriftzeichen sein!"
„Lies vor!", befahl Meister Imhotep.

Ohne weiter nachzudenken, wollte Julia schon anfangen, die Botschaft vorzulesen. Doch dazu kam es nicht.
Plötzlich wurde ihr bewusst, dass sie merkwürdigerweise überhaupt kein Problem hatte, mit Meni oder Imhotep zu sprechen. Aber Hieroglyphen lesen, das ging nicht. Die Zeichen wirkten genauso fremd und geheimnisvoll wie in den Büchern über Ägypten, die sie schon gesehen hatte.
„Äääh … also, da ist eine Schlange und da ein Messer“, stotterte Julia hilflos. „Und danach kommt so eine geringelte Linie und ein Kreis, und das dahinter soll wohl ein sitzender Mensch sein …“
„Natürlich, du kannst ja nicht lesen, woher auch?“, meinte Imhotep müde. Er war wirklich sehr mitgenommen, wie hätte er sonst annehmen können, dahergelaufene Handwerksburschen aus Assyrien könnten lesen? Ungeduldig riss er Julia die Tonscherbe aus der Hand. Leise vor sich hin brabbelnd las er den Text auf der Scherbe durch und sein Gesicht verfärbte sich. Erst wechselte es zu einer Zornesröte. Bald aber

schien Imhotep alles Blut aus dem Kopf zu weichen und er wurde leichenblass. Seine Hände zitterten.

„Welch unerhörter Frevel", rief er. „Ein Verbrechen ohne Beispiel! Unerhört!" Er rang nach Luft und sank in sich zusammen. Auf dem Boden kauernd atmete er ein paarmal tief durch und jammerte dann mit versagender Stimme: „Ich bin erledigt."

Meni machte ein besorgtes Gesicht. „Meister Imhotep, was steht denn dort geschrieben?", fragte er.

Imhotep blickte ihn müde an. Er hielt die Tonscherbe immer noch fest umklammert. Langsam setzte er sich auf und las mit tonloser Stimme vor:

„Wenn du die Mumien wiederhaben willst, so bringe morgen kurz vor Sonnenaufgang ein Talent Gold ins Schilfdickicht, zu jener Stelle, wo der Bach Tefenet einen sichelförmigen Bogen nach Osten macht. Dort wirst du erfahren, wo sich der Pharao und seine Gemahlin befinden. Komm allein, sonst siehst du deine Mumien nicht wieder."

Imhotep blickte wie betäubt in die Dunkelheit und atmete schwer. Die Tränen standen ihm in den Augen.
Julia tat der Mann leid. Er hätte ihr Großvater sein können, und jetzt saß er wie ein Häufchen Elend vor ihr und wusste nicht mehr weiter. Sie versuchte alles, um ihn zu beruhigen.
„Versuch doch einfach, das Ganze mal positiv zu sehen. Jetzt wissen wir wenigstens ein paar Dinge: Die Mumien sind noch da. Sie sind zwar irgendwo versteckt, aber es gibt sie noch."
Imhotep blickte teilnahmslos auf. Das schien ihn nicht besonders zu beruhigen.

„Außer uns und dem Dieb kann auch niemand wissen, dass sie verschwunden sind“, ließ Julia nicht locker. „Also ist es mehr als wahrscheinlich, dass der Verfasser des Erpresserbriefs auch der Dieb ist und die Mumien in seiner Gewalt hat. Anscheinend geht es ihm auch nur um Gold. Also gibt es eine große Chance, sie wiederzubekommen!“
Sie wusste selbst nicht so recht, ob sie überzeugend klang. Denn sie selbst war alles andere als überzeugt. Die Mumien konnten wieder auftauchen, wenn alle Bedingungen des Erpressers erfüllt wurden. Aber sicher war das nicht. Immerhin schien Imhotep neue Hoffnung zu schöpfen. Seine Miene hellte sich ein klein wenig auf.
„Ich kenne die Stelle, die der Erpresser genannt hat“, sprang ihr Meni unterstützend zur Seite. „Das ist nur gut tausend Schritte von hier in Richtung Fluss.“
Imhotep nickte bedächtig, doch dann verbarg er wieder das Gesicht in den Händen und jammerte: „Ja, aber was nützt mir das? Du sagst, es geht nur um Gold, Mädchen. Aber das ist ge-

rade das Problem: So viel Gold kann ich unmöglich aufbringen."
„Aber ihr seid doch ein wohlhabender Mann, Meister", meinte Meni.
Imhotep schüttelte traurig den Kopf. „Selbst wenn ich alles zusammentrage und verkaufe, was ich besitze, wenn ich mein Haus und meine Werkstatt versetze und noch den Schmuck meiner Frau dazu gebe, ergibt das gerade mal die Hälfte von dem, was dieser ruchlose Frevler verlangt. Egal, was ich tue, ich bin so oder so ruiniert. Wenn ich alles gebe, was ich habe, bin ich mittellos. Ich werde mein Geschäft schließen und betteln gehen müssen. Und wenn ich die Mumien bis zur Begräbniszeremonie nicht zurückbekomme, werde ich womöglich den Krokodilen zum Fraß vorgeworfen."
Julia schwieg betreten. In diesem Fall halfen Sprüche wie ‚wird schon nicht so schlimm sein' nicht mehr weiter.
Niklas kratzte sich nachdenklich am Kopf. „Wie viel ist das überhaupt, ein Talent Gold?"
Meni erklärte: „Ein Talent, das ist ungefähr so viel, wie du wiegst." Dabei zeigte er auf Niklas.

Julia schätzte Niklas auf ungefähr 25 Kilo. Sie erschrak. Mit einem Schlag wurde ihr das ganze Ausmaß des Schlamassels bewusst. 25 Kilo Gold, das war nun wirklich keine Menge, die man einfach so zu Hause im Schrank liegen hatte.

„Es ist ungefähr so viel, wie ich gerade noch über eine so weite Strecke tragen kann", ergänzte Imhotep düster. „Ich bin schließlich nicht mehr der Jüngste."

„Kannst du dir nichts leihen?", fragte Niklas unbekümmert nach.

Imhotep dachte angestrengt nach. Erleichtert konnten sie feststellen, wie sich sein Gesicht wenigstens ein bisschen aufhellte.

„Vielleicht", hauchte Imhotep schwach. „Zweitausend Schritte von hier lebt Snofru, ein Kollege von mir. Er ist auch Mumifizierer. Den könnte ich danach fragen. Vielleicht kann er mir helfen."

Niklas und Julia bemerkten, wie Meni seinen Meister fragend anblickte. Über Imhoteps Gesicht huschte ein Lächeln. Er streichelte Meni über den Kopf.

„Selbst wenn er kein Gold herausrückt, weiß er vielleicht einen Rat", sagte er zu Meni.
„Ihr müsst wissen, Snofru ist für seinen Geiz bekannt", flüsterte Meni ihnen zu. „Wenn er erfährt, dass er etwas von seinem Gold hergeben soll, wird er nicht gerade begeistert sein."
„Jetzt tust du ihm aber Unrecht, mein Junge", meinte Imhotep, der alles gehört hatte.
„Es stimmt schon, Snofru ist nicht gerade freigebig. Aber er ist der Einzige, der mir jetzt helfen kann, auch wenn er ein Geizkragen ist. Er ist auch Mumifizierer, daher kann er am besten

einschätzen, worum es bei der Angelegenheit geht und was für mich auf dem Spiel steht."

„Ihr wollt euch doch nicht mit Snofru vergleichen?", protestierte Meni. „Natürlich ist er auch Einbalsamierer, aber er macht doch nur Massenarbeit. Die wirklich wichtigen Mumien landen nämlich immer in unserer Werkstatt und das ärgert Snofru gewaltig", fügte er an Niklas und Julia gewandt stolz hinzu.

Mit einer unwilligen Handbewegung brachte Imhotep seinen Lehrling zum Schweigen. „Wenn du eine bessere Idee hast, dann sag es mir", sagte er unwirsch. „Was nützen uns die wichtigen Mumien in unserer Werkstatt, wenn sie von dort spurlos verschwinden? Snofru mag ein mittelmäßiger Einbalsamierer sein, aber ihm ist jedenfalls noch nie eine Mumie abhanden gekommen. Morgen werden wir ihn aufsuchen und in die Geschichte einweihen. Heute können wir nichts mehr tun."

Er stand seufzend auf, nahm das Öllämpchen mit sich und verzog sich grummelnd in seine Schlafkammer. Julia zuckte mit den Schultern. Es war wohl das Beste, sich wieder schlafen zu legen. Sie ging zurück nach drinnen, machte aber noch einmal kehrt. Die Scherbe lag auf dem Boden vor der Tür. Imhotep hatte sie vergessen. Sie steckte sie kurz entschlossen ein und folgte Niklas in ihre Kammer.

Frage: *Worauf ist der Erpresserbrief geschrieben?*

N: *Auf Papyrus.*

G: *Auf einer Tonscherbe.*

Eine kleine Erfrischung

Die Wanderung zu Snofrus Anwesen dauerte nicht lange. Das flache Haus stand einzeln zwischen ein paar Dattelpalmen am Fluss. Ein schläfriger Hofhund döste vor dem Eingang zum Innenhof vor sich hin. Niklas und Julia hatten aber genug Zeit, um sich auszumalen, was für ein Mensch Imhoteps Kollege sein musste. Sie waren sich einig: Nach allem, was Imhotep und Meni über ihn erzählt hatten, konnte es sich nur um einen ganz unangenehmen Zeitgenossen handeln. Umso überraschter waren sie, als sie ihn wirklich kennenlernten.

Snofru schien ungefähr so alt zu sein wie der Vater der beiden, und er war einen Kopf größer als Imhotep. Als er sie begrüßte und sie in den Innenhof seines Hauses bat, lächelte er sie mit großen, freundlichen Augen an. Imhotep erzählte ihm in aller Kürze, was vorgefallen war. Snofru war erschüttert. Er schien sich über die Angelegenheit fast noch mehr aufzuregen als Imhotep selbst. So gut es ging, versuchte er seinen alten Kollegen zu trösten und zu beruhigen.

Imhotep gab den Inhalt des Erpresserbriefs wieder. Snofru hörte aufmerksam zu und nickte dabei immer wieder.

„Offensichtlich haben wir es mit Profis zu tun“, sagte er nachdenklich. „Kein Zweifel, mit denen ist nicht zu spaßen.“

Imhotep hing an seinen Lippen und wartete besorgt, was Snofru ihm raten würde.

Der blickte mit ernster Miene in die Runde und machte dabei ein sehr nachdenkliches Gesicht.

„Ich fürchte, ich muss dir den Rat geben, alles zu tun, was sie verlangen“, sagte er mit gedämpfter Stimme.

„Aber gerade das kann ich nicht", entgegnete Imhotep verzweifelt.
„Warum nicht?", fragte Snofru verblüfft.
„Ein ganzes Talent Gold! So viel habe ich nicht", jammerte der Alte. „Ich habe allenfalls ein Viertel der geforderten Summe."
„Aber du hast mir doch erzählt, du hättest die letzten fünf Jahre immer etwas Gold zurückgelegt", wandte Snofru ein.
Meister Imhotep blickte betrübt zu Boden und musste schlucken. „Das habe ich doch für die Hochzeit meiner Tochter gespart."
„Ach so", meinte Snofru und zog ein verdrießliches Gesicht. Er legte die Stirn in Falten und schien angestrengt nachzudenken.
„Das ist nicht der richtige Augenblick für solche Gefühlsduseleien", entschied er plötzlich. „Du musst daran denken, was wichtiger ist. Wenn es sich herumspricht, dass bei dir die königlichen Mumien verschwunden sind, dann wird sowieso niemand hier mehr deine Tochter heiraten wollen."
Imhotep seufzte und gab sich geschlagen. Es half ja nichts, Snofru hatte Recht.

„Trotzdem reicht der Betrag nicht", meinte er kleinlaut. „Könntest du nicht einspringen und mir die restliche Summe leihen?"
„Iiiiiich?", entgegnete Snofru entgeistert und ein bisschen lauter als nötig und zog ein erschrockenes Gesicht.
Niklas und Julia tauschten einen verstohlenen Blick. Nach all den warmen Worten und guten Ratschlägen passte das schon wieder besser zu dem Geizkragen, als den ihn Meni beschrieben hatte.
Snofru hatte sich schnell wieder gefangen und schüttelte nachdenklich den Kopf. „Diese gewissenlosen Erpresser haben wahrscheinlich noch nie so viel Gold auf einem Haufen gesehen. Ich denke, sie sind glücklich mit dem, was sie bekommen."
„Schon möglich", sagte Imhotep traurig. „Aber woher willst du das so genau wissen? Was, wenn es nicht so ist?"
Snofru schluckte. „Ich weiß es natürlich nicht", sagte er. „Es ist schließlich fast unmöglich zu ahnen, was in den Köpfen solch ruchloser Frevler vorgeht. Aber ich habe das im Gefühl."

Imhotep gab sich geschlagen und nickte betreten. Snofrus Gefühl für Geld war schließlich untrüglich. In Geldfragen lag er meistens richtig. „Dann habe ich wohl keine andere Wahl", stöhnte er.

Snofru klopfte ihm aufmunternd auf die Schulter. „Wenn alles nichts nützt und sie tatsächlich darauf bestehen, den vollen Betrag zu bekommen, kann ich dir natürlich trotzdem etwas leihen. Und weil du mein Freund bist, kann ich dir einen äußerst günstigen Zins von dreißig Prozent anbieten."

Imhotep zog ein säuerliches Gesicht. Dass Snofru keinen Kredit ohne Zinsen gab, hatte er sich allerdings fast denken können.

„Was deine Tochter angeht, könnten wir auch eine Lösung finden", fuhr Snofru fort. „Wenn du das Geld für ihre Hochzeit den Erpressern geben musst, könnte ich sie doch heiraten. Ich würde dann auch so gut wie keine Mitgift verlangen."

Imhotep wusste nicht so recht, was er von dieser Art von Entgegenkommen halten sollte. „Du weißt doch, dass dich meine Tochter nicht

mag“, sagte er ausweichend. „Außerdem bist du viel zu alt für sie.“
Snofru wollte eine ärgerliche Bemerkung machen. Aber er hatte sich schnell wieder im Griff und legte Imhotep seine Hand auf die Schulter. „Warten wir's ab“, meinte er beschwichtigend. „Erst einmal müssen wir das Problem mit den Mumien lösen.“
Womit Snofru zweifellos Recht hatte. Trotzdem fanden Niklas und Julia sein Verhalten ziemlich merkwürdig. Er war wirklich noch geiziger als sie es sich vorgestellt hatten. Wenn er der Einzige war, der Imhotep helfen konnte, dann gute Nacht.
Inzwischen war es fast wieder Mittag geworden und die Sonne brannte unbarmherzig vom wolkenlosen Himmel herab.
„Ich glaube, es ist Zeit für eine kleine Erfrischung“, verkündete Snofru mit einem Blick nach oben und wischte sich den Schweiß von der Stirn.
Imhotep und Snofru verzogen sich ins Innere des Hauses, wo es kühler war. Meni, Niklas und Julia suchten sich ein schattiges Plätzchen im

Innenhof. Auf dem glatt gewalzten Lehmboden war es zum Glück kühler als erwartet.
Ein schläfriger, mürrisch dreinschauender Diener kam mit zwei Krügen und ein paar Bechern angelaufen. Einer davon war aus blau glasiertem Ton und mit Bildern von Wasservögeln und Nilpferden verziert. Der andere musste wohl das Wasser für Snofrus Hund enthalten, denn er war aus bröseligem Ton und mit Algen und Moos überzogen. Der Diener sah aus, als würde er gleich im Stehen einschlafen. Gähnend hob er den verzierten Krug und schenkte Julia einen Becher voll mit kristallklarem, kühlen Wasser, das mit Lotosblüten parfümiert war. Das roch ungewöhnlich, aber verlockend. Julia war gespannt, wie es schmecken würde. Sie wollte es gerade probieren, als der Diener plötzlich aus seinem Halbschlaf erwachte.
„Oh, das war das Falsche", erklärte er und goss fein säuberlich den Inhalt des Bechers in den Krug zurück. „Das Wasser für die Herren!", erklärte der Diener teilnahmslos.
Julia starrte ihn mit offenem Mund an, während er ihr, Niklas und Meni eine lauwarme, trübe

Brühe aus dem zweiten, ekelhaft aussehenden Krug einschenkte.
Niklas schnupperte an seinem Becher und verzog das Gesicht.
„Von wegen ‚kleine Erfrischung'!", meinte er. „Weißt du, an was mich das erinnert?"
„Hör auf!", sagte Julia angeekelt. „Ich will es gar nicht wissen." Niklas aber fuhr ungerührt fort. „Kannst du dich an letzte Woche Freitag erinnern, als Mama den eingefrorenen Kabeljau aufgetaut hat. Da hatte sich eine Pfütze in der Auftauschüssel abgesetzt. So ungefähr sieht das aus und riechen tut es auch so."

Julia wurde übel. „Niklas, du bist widerlich!", würgte sie hervor.
Niklas hatte einen grässlichen Geschmack im Mund. Warum hatte er gestern auch unbedingt alle seine Kaugummis aufessen müssen?
Nur Meni schien nichts zu stören. Er war anscheinend der Einzige, dem das Gesöff nichts ausmachte, denn er hatte seinen Becher in einem Zug geleert und rief nach mehr. Der Diener kam leise vor sich hin nörgelnd angeschlichen. Mussten ihn diese drei kleinen Kröten andauernd in seiner Mittagsruhe stören?
Missgelaunt stellte er den randvollen Krug auf dem Boden ab, sodass er überschwappte und ein Spritzer der stinkenden Brühe auf Julias Fuß landete. Julia verdrehte die Augen.
„Bedient euch selbst!", grummelte der Diener unwirsch.
„Ist der immer so freundlich?", fragte Niklas.
Meni zuckte mit den Schultern. „Er meint es nicht so", erklärte er. „Er ist zwar strohdumm, aber sonst ist er ganz in Ordnung."
Niklas betrachtete Snofrus Krug für die einfachen Gäste etwas genauer. Man musste die

Nase noch nicht einmal besonders nah hinhalten, um den muffigen Geruch zu bemerken.
„Wenn man diesen vergammelten Krug sieht, wundert es einen nicht mehr, wie das Wasser schmeckt", meinte er angewidert. „Wer weiß, was da schon alles drin gelegen hat."
Julia befürchtete, Niklas würde erzählen, was er sich vorstellte, doch dann stutzte sie.
„Moment mal", sagte sie aufgeregt.
Am oberen Rand des Kruges war ein dreieckiges Stück herausgebrochen, vielleicht gerade ein bisschen kleiner als eine Spielkarte. Mit anderen Worten, so groß wie der Erpresserbrief! Julia zeigte ohne weitere Erklärungen auf die Stelle. Die anderen verstanden sofort.

Frage: *Wonach riecht das Wasser, das Niklas und Julia trinken sollen?*

L: *Nach Fisch.*

T: *Nach Lotosblüten.*

Ermittlungen

„Von Form und Größe her könnte das hinkommen“, meinte Niklas. Plötzlich schien ihm alles sonnenklar zu sein. Der Erpresserbrief musste aus Snofrus Haus stammen. Dazu das irgendwie verdächtige Verhalten dieses Mannes und seine Geldgier …

Obwohl, eigentlich hatte er einen ganz netten Eindruck gemacht. Ein bisschen eigenartig vielleicht, aber das hieß noch lange nicht, dass er ein Verbrecher sein musste.

Meni kannte Snofru am besten von ihnen. Wenn ihn einer richtig einschätzen konnte, dann er.
„Was meinst du, Meni?", fragte Niklas gespannt. „Ist Snofru der Erpresser?"
Meni dachte angestrengt nach.
„Wahrscheinlich stammt das Material für den Erpresserbrief wirklich von dem Krug", meinte er bedächtig. „Aber was Snofru betrifft müsst ihr euch irren. Dass er hinter dem Diebstahl und der Erpressung steckt, ist unmöglich."
„Warum denn?", platzte es aus Julia heraus. Meni hatte eine Erklärung, die sie aber nicht so recht überzeugte: „Es ist einfach unmöglich. Ein solcher Frevel ist unvorstellbar. Kein Mumifizierer würde Mumien verschwinden lassen, nicht einmal die seines größten Feindes. Das ist gegen die Berufsehre."
Vielleicht war es mit der Berufsehre der Mumifizierer nicht so weit her, wie Meni glaubte. Aber das konnten sie ihm, der ja selbst Mumifizierer werden wollte, schlecht unter die Nase reiben. Zumindest wurde er misstrauisch. Snofru konnte er ohnehin nicht ausstehen. Aber

eine solche Tat traute er ihm nun einmal nicht zu.
Julia betrachtete nachdenklich den schäbigen Wasserkrug.
„Eigentlich dachte ich, in Ägypten schreibt man auf Papyrus“, überlegte sie laut.
Meni lachte kurz auf. „Viel zu teuer“, rief er. „Ihr Assyrer glaubt wohl, wir Ägypter schwimmen alle im Geld?“
Julia ärgerte sich ein bisschen, dass er sie anscheinend für ein bisschen beschränkt hielt. „Na ja, wenn es um ein Talent Gold geht, dann wäre es auf die paar Kröten für den Papyrus auch nicht mehr angekommen“, verteidigte sie sich. „Aber immerhin passt das zur Beschreibung.“
„Zu welcher Beschreibung?“, meinte Meni. Julia nickte triumphierend.
„Zur Beschreibung eines Geizkragens“, erklärte sie knapp. „So einer nimmt lieber eine Tonscherbe, die leicht kaputtgehen kann, wenn der Finder aus Versehen drauf tritt, und riskiert damit, dass er die Botschaft gar nicht lesen kann. Obwohl es um Riesensummen geht.“

Meni wusste nicht, was er darauf entgegnen sollte, aber er wollte es immer noch nicht ganz wahrhaben. „Vielleicht war es Snofrus Diener", dachte er laut nach, doch dann schüttelte er selbst den Kopf. „Nein, der ist viel zu dumm für so was. Und schreiben kann er auch nicht."
Julia nickte. „Fassen wir zusammen", schlug sie vor. „Was wissen wir über den Erpresser?"
„Er kann schreiben", sagte Meni. „Und er kennt sich in der Gegend ziemlich gut aus."
„Er kennt Imhotep persönlich, das ist zumindest wahrscheinlich", ergänzte Niklas.
„Und er ist ein sparsamer Mensch, um nicht zu sagen ein Geizkragen", meinte Julia.
Die drei schauten sich an. Es musste gar nicht ausgesprochen werden, allen war klar, dass all diese Punkte auf Snofru zutrafen.
„Aber was ist mit dem Krug?", wandte Niklas ein. „Der steht hier so offen rum. Solche Beweismittel lässt man doch verschwinden, wenn man nicht völlig bescheuert ist!"
„Nicht, wenn man so ein Geizkragen ist wie Snofru", meinte Meni. Offenbar war auch er jetzt von Snofrus Schuld überzeugt.

„Wir sollten den Krug gleich mitnehmen!", schlug Niklas vor. „Dann können wir die Bruchstelle mit der Briefscherbe vergleichen."
„Das wäre viel zu auffällig", sagte Meni entschieden. „Einem Geizkragen wie Snofru sticht sofort ins Auge, wenn etwas fehlt. Und wenn es der billigste Krempel ist."
Julia überlegte angestrengt. Vor ihnen stand das entscheidende Beweisstück, da war sie sich völlig sicher. Andererseits hatte Meni Recht. Snofru durfte auf keinen Fall Wind davon bekommen, dass ihm jemand auf der Spur war. Was taten Ermittler im Fernsehen in solchen Fällen? Plötzlich kam ihr der rettende Gedanke. Sie mussten einen Abdruck machen. Aber wie? Im Fernsehen kam in solchen Augenblicken immer die Spurensicherung mit einer Tüte Gips vorbei. Damit konnte sie hier nicht dienen. Neben dem Haus Imhoteps hatte sie eine kleine Lehmgrube gesehen. Lehm, das wäre jetzt genau das richtige Material. Hier gab es allerdings keinen. Aber vielleicht etwas anderes ...
Das könnte die Lösung sein. Niklas hatte doch seinen Kaugummi mit dem widerlichen Kirsch-

geschmack dabei. Wenn man den in Wasser tauchte und anschließend in der Sonnen trocknen ließ, wurde er hart wie Stein. Begeistert teilte sie Niklas ihre Idee mit.
„Mit Kaugummi?“, wunderte er sich. „So ein Kaugummi ist doch viel zu klein!“
„Es reicht, wenn wir einen Abdruck von ein oder zwei besonders auffälligen Bruchstellen haben“, meinte Julia. „Außerdem hast du doch bestimmt eine ganze Packung dabei!“
„Hatte ich auch“, sagte Niklas ungerührt. „Aber nur eine. Und den letzten Kaugummi habe ich gestern gegessen. Du warst doch dabei.“
Allerdings, daran konnte sich Julia nur zu gut erinnern. Das hatte sie völlig vergessen. Wenn man das grässliche Zeug einmal hätte brauchen können, war nichts da.
„Warum sagst du nicht gleich, dass du keinen mehr hast?“, zischte sie Niklas eisig an.
„Weil du nicht danach gefragt hast“, versetzte er trocken.
Bevor sie anfangen konnten, sich zu streiten, schaltete sich Meni ein: „Der Krug steht normalerweise immer neben dem Ziehbrunnen hinter

dem Haus. Wir könnten nachts hingehen und ihn gegen einen Krug von Imhotep austauschen."

Das war die Rettung. Oder doch nicht? Julia hatte ihre Zweifel. „Schön und gut", sagte sie. „Aber du hast den Hund vergessen. Wie sollen wir unbemerkt in die Nähe des Hauses kommen?"

Meni lachte nur. „Den Hund kenne ich und er kennt mich. Das ist der verschlafenste Hund, den es gibt. Kein Problem."

Niklas und Julia waren wieder zuversichtlich, die Sache aufzuklären. Sie hatten einen Plan, das war die Hauptsache. Als sie sich auf den Heimweg machten, sprach keiner ein Wort. Das lag auch daran, dass es Imhotep die Sprache verschlagen hatte. Er war völlig in düstere Gedanken versunken und verabschiedete sich sehr bald ins Bett. Auch Niklas, Julia und Meni zogen sich in ihre Kammern zurück, aber zum Schlafen waren die drei viel zu aufgeregt. Sobald gegen Mitternacht der Mond aufgegangen war, klopfte Meni an die Tür der beiden. Er hatte bereits Imhoteps schlechtesten Wasserkrug vorbereitet und ebenfalls ein kleines Stück vom oberen Rand herausgebrochen. Snofru würde nichts bemerken.

„Imhotep wird begeistert sein, dass du seinen Krug kaputt gemacht hast", meinte Niklas vorwurfsvoll.

Doch Meni machte nur eine abwehrende Handbewegung. „Glaube mir, der Meister hat jetzt andere Sorgen", sagte er.

Schweigend machten sie sich im fahlen Mondlicht auf den Weg zu Snofrus Haus. Kurz bevor

sie dort ankamen, ertönte ein lang gezogenes Heulen, das Julia das Blut in den Adern gefrieren ließ.

„Du hast doch gesagt, der Hund kennt dich und macht keine Schwierigkeiten", flüsterte sie Meni zu. Doch der schüttelte nur den Kopf. Die beiden mussten wirklich vom Ende der Welt kommen, wenn sie das für einen Hund hielten.

„Das war ein Schakal", sagte er. „Kein Grund zur Aufregung."

Julia beruhigte das nicht unbedingt. Aber Meni ging einfach weiter, also folgte sie ihm schulterzuckend. Der Plan schien zu klappen. Genau an der Stelle neben dem Brunnen, die Meni genannt hatte, fanden sie einen bemoosten alten Wasserkrug. Julia hob ihn vorsichtig auf.

„Ist das wirklich derselbe?", fragte sie zweifelnd und zeigte auf den oberen Rand. Jetzt konnten es alle sehen. Aus dem Ding waren drei Stücke herausgebrochen, nicht nur eines. Meni nahm Julia das Gefäß aus der Hand und betrachtete es von allen Seiten.

„Auf dem Boden ist der Name Snofru eingeritzt", sagte er. „So viel kann sogar ich lesen."

Er hielt Niklas das Ding direkt unter die Nase und fragte: „Was meinst du?"
Niklas wich angewidert zurück. „Klarer Fall. Es ist eindeutig derselbe. Man kann es am Geruch erkennen."
Vorsichtig brach Meni aus Imhoteps Krug zwei weitere Stücke heraus, bis er dem Beweisstück zum Verwechseln ähnlich sah. Er versuchte so leise wie möglich zu sein. Trotzdem fuhr Julia bei jedem Geräusch, das der splitternde Ton machte, erschrocken zusammen und blickte sich ängstlich um. Aber niemand schien sie zu hören.

Hundemüde, aber mit dem guten Gefühl, das entscheidende Beweisstück in ihrer Hand zu haben, kehrten sie zu Imhoteps Haus zurück. Meni hielt den Erpresserbrief in die Bruchstellen des Krugs. Die ersten beiden passten nicht, aber in die dritte fügte sich die Tonscherbe wie ein Puzzlestück ein. So viel war jetzt klar: Es gab in diesem Fall eine überdeutliche Spur, die direkt zu Snofrus Haus führte. Sie mussten nur noch ein bisschen die Augen offen halten und weitere Beweise sammeln, dann war die Sache gelöst.

„Heute können wir nichts mehr tun", sagte Meni schließlich. Gehen wir schlafen. Und morgen klären wir die Sache auf!"

Frage: *Wie kommen Julia, Niklas und Meni an das Beweismittel?*

Y: *Sie tauschen die Krüge aus.*

R: *Sie machen einen Abdruck.*

Ein genialer Plan

Julia hatte noch lange wach gelegen und hatte sich einen einfachen, aber genialen Plan ausgedacht. Es war noch dunkel, als sie Niklas und Meni in ihre Strategie einweihte. Während sie und Niklas Imhotep unauffällig folgten, sodass der Erpresser sie nicht entdecken konnte, sollte Meni zurückbleiben, um das Haus im Auge zu behalten. So konnten sie sich auf die Spur des Verbrechers heften, um ihn schließlich zu überführen.

Als Imhotep von ihrem Plan erfuhr, war er alles andere als begeistert. Immerhin handelte es sich um einen eindeutigen Verstoß gegen die Anweisungen des Erpressers. Außerdem widersprach es auch dem guten Rat seines Freundes und Kollegen Snofru. Der hatte ihm ja geraten, die Forderungen des Erpressers genau zu befolgen. Aber die Aufregungen des letzten Tages hatten ihm so zugesetzt, dass er keinen großen Widerstand mehr leisten konnte.

Der Pfad zu der Stelle, die der Erpresser bezeichnet hatte, führte von Imhoteps Haus durch mannshohe Papyrusstauden. Das war ein Glücksfall, dachte Julia. Denn so konnten sie und ihr Bruder sich immer gut in Deckung halten.

Den ersten Teil des Weges halfen sie Imhotep, das Gold zu tragen. Das Gewicht war wirklich unglaublich, sodass sie sich kaum vorstellen konnten, wie Imhotep das den Rest der Strecke alleine tragen sollte.

Nach einer Weile rief Imhotep ihnen, wie sie es vorher abgemacht hatten, um den Erpresser zu täuschen, laut und deutlich zu:

„Ich werde nun allein weitergehen. Geht zurück, ohne euch umzusehen. Ihr dürft nicht wissen, wo ich hingehe."

Wie folgsame Kinder machten sie kehrt und gingen ein paar Schritte in Richtung Imhoteps Haus zurück. Doch sie warteten nur darauf, an eine Biegung des Pfades zu kommen. Dort waren sie von Imhoteps Position aus nicht mehr zu sehen. Das Schilf war hoch genug, um sich dahinter zu verstecken.

Im Abstand von fünfzig Metern folgten sie und Niklas Imhotep weiter. Immer wieder blieben

sie stehen und versteckten sich im Papyrusdickicht. Doch sie waren sich völlig sicher, dass sie niemand bemerkt hatte.
Das letzte Stück legten sie abseits des Pfades im Schilf zurück und bemühten sich, Imhotep keine Sekunde aus den Augen zu verlieren.
Als der Meister an der Biegung des Baches ankam, wo die Übergabe stattfinden sollte, legten sie sich in sicherer Entfernung auf die Lauer und warteten.

Inzwischen wurde es rasch heller. Und auch ihnen dämmerte langsam, dass wieder etwas nicht so lief, wie sie es sich ausgemalt hatten.
Imhotep ließ ächzend seine schwere Last fallen und schaute sich verwundert um. Ein Kahn war ans Ufer des Baches gezogen und anscheinend lag dort irgendetwas auf dem Boden, denn Imhotep bückte sich und hob etwas auf.
Kein Zweifel, das musste die zweite Scherbe aus dem Wasserkrug sein!
Anscheinend hatte der Erpresser die Absicht, Imhotep auf eine Art Schnitzeljagd zu schicken. Denn sie mussten mit ansehen, wie er die Mitteilung durchlas und den Kopf schüttelte. Anschließend hob er keuchend das Gold in den Kahn und stieß ihn kräftig vom Ufer ab. Sobald er das geschafft hatte, machte er sich im Laufschritt und ohne sich noch einmal umzudrehen auf den Heimweg. So lauteten offenbar die Anweisungen des Erpressers, von dem weit und breit nichts zu sehen war.
Damit hatten sie nicht gerechnet. Ganz langsam, sogar aufreizend langsam, wurde der Kahn von der Strömung abgetrieben.

Julia und Niklas hatten sich für besonders schlau gehalten, aber der Erpresser hatte sie eiskalt ausmanövriert.
Jetzt gab es nur eins – hinterher! Sie mussten unbedingt versuchen, auf Höhe des Kahns zu bleiben.
Aber wie Niklas schnell feststellen musste, war das Ufer viel zu sumpfig, um die Verfolgung aufzunehmen. Kein Pfad führte an dem schmalen Wasserlauf entlang und man musste mitten durchs Schilf. Bei jedem Schritt gab es ein schmatzendes Geräusch und die Füße blieben im Morast stecken, sodass er Mühe hatte, sie wieder herauszubekommen. So kam man kaum vom Fleck.
Aber so schnell gab Niklas nicht auf. Er wollte kurz entschlossen ins Wasser springen und dem Kahn hinterherschwimmen. Das ging auf jeden Fall schneller. Julia konnte ihn gerade noch aufhalten. Sie packte ihn am Arm und Niklas fiel ihn den Matsch.
„Pass auf!", schrie sie ihn an.
„Was soll das?", protestierte er. „Lass mich. Ich habe doch den Freischwimmer!"

„Nein, sieh mal genau hin! Ein Krokodil!", brüllte Julia aus Leibeskräften.

Niklas fuhr erschrocken zusammen und betrachtete die Wasseroberfläche genauer. Von wegen ‚ein Krokodil', eine ganze Familie von Krokodilen ließ sich leise durch den Bach treiben und schien nur auf ihn zu warten! Die Tiere musterten ihn erwartungsvoll. Ihr Blick kam Niklas wie ein hässliches Grinsen vor.

Niklas hatte nichts gegen Krokodile. Im Gegenteil. Dass sie zu Handtaschen verarbeitet wurden, fand er schrecklich. Aber auf der anderen Seite hatte er auch nicht die geringste Lust, als Familienpizza für die Tiere zu enden.

Der Bach fiel für die Verfolgung somit aus. Wenn überhaupt, dann ging es nur an Land. Auch wenn man da nur schwer vorankam, eine andere Möglichkeit gab es nicht.

Die Krokodile waren schwer enttäuscht. Unverständlicherweise hatte es sich der Junge noch einmal anders überlegt. Na gut, wenn er nicht zu ihnen kam, dann eben umgekehrt. Langsam, aber zielstrebig hielten sie aufs Land zu, und sie sahen nicht so aus, als ob sie nur mal Guten Tag sagen wollten.

Damit war die Verfolgung beendet, bevor sie begonnen hatte. So viel war Niklas und Julia sofort klar. Im Wasser bestand akute Lebensgefahr, an Land war es auch zu gefährlich, weil man auf dem sumpfigen Boden vor den Krokodilen nicht schnell genug weglaufen konnte. Ihnen blieb nichts anderes übrig, als auf dem festen Trampelpfad zu Imhoteps Haus zurückzugehen. Vielleicht kannten er oder Meni einen anderen, sicheren Weg zu der Gegend, in die der Bach führte.

Bevor sie den Rückzug antraten, mussten sie aber mit ansehen, wie sich nur gut zweihundert Meter weiter eine Gestalt durch die hohen Papyrusstauden am Ufer schob. Der Mann war mit einem Tuch ums Gesicht maskiert. Was gar nicht nötig gewesen wäre, denn sie waren ohnehin zu weit entfernt, um die Gestalt eindeutig zu erkennen. Außerdem ging gerade jetzt die Sonne auf und blendete sie. Der Erpresser hatte den Ort der Geldübergabe wirklich raffiniert ausgewählt.
Sie mussten hilflos zusehen, wie die Gestalt in aller Seelenruhe den Kahn mit einer langen Stange ans Ufer zog, das Gold an sich nahm und den Kahn mit einem Fußtritt wieder ins Wasser stieß. Sie hatten sogar das Gefühl, das spöttische Lachen des Mannes zu hören.
„So ein Mist!", rief Niklas verzweifelt. Der Erpresser war fast zum Greifen nahe, aber sie konnten ihn nicht erkennen. Sich an seine Fersen zu heften war auch unmöglich.
„Wir hätten besser Snofru beschatten sollen, statt Imhotep zu folgen", seufzte Julia. „Das war unser Fehler, er hat uns überlistet."

„Wenn das überhaupt Snofru war“, meinte Niklas. „Ich habe nichts erkennen können.“
Wütend über sich selbst machten sie sich auf den Rückweg. Als sie bei Imhoteps Haus eintrafen, kam der ihnen schon entgegen. Er schleppte einen Karren hinter sich her und hatte es offenbar eilig.
„Die Botschaft des Erpressers ist bereits eingetroffen“, erklärte er ihnen und zeigte auf eine Tonscherbe, die vor der Türschwelle auf dem Boden lag. „Ich weiß jetzt, wo die Mumien sind und gehe sie holen.“
Wie war das möglich? Der Erpresser konnte unmöglich gleichzeitig das Gold abgeholt und eine Nachricht bei Imhoteps Haus hinterlassen haben.
„Wie ist die Botschaft eingetroffen?“, fragte Julia ungläubig. „Wer hat sie gebracht?“
„Keine Ahnung“, meinte Imhotep, der jetzt nur noch einen Gedanken im Kopf hatte. „Ich habe jetzt auch keine Zeit. Ich muss nachsehen, ob meine Mumien da sind! Alles andere können wir später besprechen.“ Damit machte er sich hastig davon.

Zum Glück war Meni noch da. Schließlich war es seine Aufgabe, das Haus im Auge zu behalten. Julia beglückwünschte sich heimlich. Wenigstens daran hatte sie bei ihrem misslungenen Plan noch gedacht.

Sie fand Meni im Haus, wo er eine merkwürdige Mixtur zusammenbraute, mit der Imhotep und er die Mumien einreiben wollten.

„Hast du ihn gesehen?", rief Julia aufgeregt.

„Wen?", fragte Meni teilnahmslos.

„Na, den, der den Brief hierhergebracht hat, wen sonst?", entgegnete Julia genervt.

Zu ihrem Entsetzen schüttelte Meni den Kopf. „Ich habe dich vorhin laut schreien hören", sagte er. „Da dachte ich, euch muss etwas Schreckliches passiert sein und ich bin euch hinterhergerannt. Aber dann habe ich euch von Weitem zurückkommen sehen. Da bin ich wieder zum Haus zurückgegangen und der Brief war da."

Julia wollte Meni lautstark zusammenstauchen. Doch sie überlegte es sich im letzten Moment anders. Meni hatte den Schrei gehört, mit dem sie Niklas vor den Krokodilen warnen wollte. Und er wollte sofort alles stehen und liegen lassen, um ihnen zu helfen! Das gefiel ihr. Der Erpresser dagegen wurde ihr langsam unheimlich. Ein weiteres Mal hatte er alle überlistet. Wie auch immer er das wieder geschafft hatte, er hatte seine letzte Mitteilung genau in dem Augenblick abgelegt, in dem niemand im Haus war.

Alles, was sie in der Hand hatten, waren die eng mit Hieroglyphen beschriebenen Tonscherben. Mittlerweile schon drei Stück davon. Und alle passten perfekt wie Puzzleteile in Snofrus Wasserkrug. Aber nützte ihnen das noch etwas? Der Erpresser jedenfalls war ihnen immer eine Nasenlänge voraus.

Frage: *Warum schwimmen die Geschwister dem Kahn nicht hinterher?*

E: *Sie können nicht so gut schwimmen.*

P: *Im Wasser sind Krokodile.*

Die letzte Chance

Imhotep hatte vom Scheitern des genialen Plans bis jetzt noch nichts mitbekommen. Zum Glück, denn sonst hätte er sich noch mehr aufgeregt, als er das ohnehin schon tat.
Nachdem er die Mitteilung des Erpressers erhalten hatte, interessierte er sich nur noch für seine Mumien.
Zu seiner gewaltigen Erleichterung befanden sie sich an der im Brief angegebenen Stelle. Und was noch wichtiger war, sie waren völlig unversehrt!
Erleichtert zog er seinen Karren in den Schuppen. Auf der Türschwelle kam ihm ein Gedanke. Er überlegte es sich noch einmal anders und brachte die Mumien doch lieber in die Werkstatt im Haus. Sicher war sicher. In den alten Schuppen hatte er kein Vertrauen mehr.
Imhotep atmete tief durch und zum ersten Mal seit die Mumien verschwunden waren lächelte er. Doch das war nur eine kurze Atempause. Plötzlich schien ihm wieder einzufallen, dass er gerade sein ganzes Vermögen verloren hatte.

„Habt ihr gesehen, wer das Gold in Empfang genommen hat? Wo ist der Kahn hingetrieben worden? Was ist mit meinem Gold passiert? Wohin haben sie es geschleppt?", bombardierte er Julia, Niklas und Meni mit Fragen ohne Luft zu holen.

Julia trat von einem Fuß auf den anderen. Wie sollte sie Imhotep klarmachen, dass ihr Plan in die Hose gegangen war?

„Da ist eine kleine Panne passiert", begann sie kleinlaut.

„Was für eine Panne?", fragte Imhotep ungeduldig.

Ohne weitere Ausflüchte erklärte Julia, was passiert war. Imhotep ließ sich auf einen Stuhl fallen.

„Ich habe schon so etwas befürchtet, als ich diesen Kahn gesehen habe", sagte er ganz ruhig und starrte an die Decke. Dann ballte er die Fäuste. „Das sind wirklich gerissene, hundsgemeine Diebe", fügte er schon ein ganzes Stück lauter hinzu. Er sprang zornig von seinem Stuhl auf und ging hastig im Zimmer auf und ab. Julia versuchte krampfhaft, ihn zu beruhigen.

Denn er wirkte, als ob er jeden Augenblick explodieren könnte.
„Ein Beweisstück haben wir noch!", verkündete sie und zeigte auf den Krug, der im Zimmer abgestellt war. Imhotep hörte gar nicht hin.
„Du hast Recht. Ich möchte mal sehen, wie sich Snofru da rausredet", wollte Niklas ihr zur Seite springen.
Aber es war schon zu spät. Imhotep bekam einen Wutanfall, wie man ihn diesem gutmütigen älteren Herren nie zugetraut hätte. Doch jetzt wirkte er wie eine Mischung aus Rumpelstilzchen und Oliver Kahn. Voller Zorn holte er mit dem rechten Bein aus. Er legte seine ganze Wut in diesen Tritt und kickte mit voller Wucht gegen den erstbesten Gegenstand, der ihm in die Quere kam.
Entgeistert mussten Meni, Niklas und Julia mit ansehen, wie Snofrus Krug klirrend in tausend Scherben zersprang!
Sein Ausraster schien Imhotep ein bisschen abgekühlt zu haben. Denn jetzt hakte er nach: „Was war das noch für ein Beweisstück, von dem du gesprochen hast?"

Julia zeigte verdattert auf den Scherbenhaufen zu Imhoteps Füßen.
„Das war es. Snofrus Wasserkrug. Alle Nachrichten des Erpressers sind auf Scherben geschrieben worden, die man aus diesem Krug herausgebrochen hat, und im Boden war Snofrus Name eingestempelt!"
Imhotep starrte sie entgeistert an. Für einen Augenblick stand er wie erstarrt da. Dann begann er wieder zu toben.
„Was ist das für ein Unsinn?", brüllte er. „Ihr wollt doch nicht im Ernst behaupten, mein Kollege steckt hinter diesem Verbrechen?"
„Wir haben Beweise", behauptete Niklas.
„Wir hatten Beweise", verbesserte ihn Julia missmutig.
„Vielleicht kann man das reparieren", entgegnete Niklas unverdrossen. „Ich habe mal im Museum eine Vase gesehen, die war auch aus tausend Stücken zusammengeflickt. Das schaffen wir auch!"
„Vergiss es", sagte Julia düster. „Das ist wie ein Puzzle mit tausend Teilen und ohne Anleitung. Auch wenn wir das schaffen, das dauert min-

destens vier Wochen. Und falls es so etwas wie ein ägyptisches Gericht gibt, glaube ich nicht, dass die das als Beweisstück anerkennen oder so lange warten wollen."

Niklas musste ihr Recht geben. Mit diesem Haufen von Scherben, kleinen Splittern und Staub war nichts mehr anzufangen.

Er hätte heulen können. Der Erpresser war wohl einfach schlauer als sie. Und selbst wenn er es nicht war, auf die Eigentore, die er, Julia, Meni und Imhotep schossen, konnte sich der Erpresser verlassen.

Außerdem war da immer noch die kleine Möglichkeit, dass Snofru gar nicht der Täter war. Zwar deutete alles in diese Richtung, der letzte Beweis fehlte aber nach wie vor. Wie hatte er es zum Beispiel geschafft, den letzten Brief abzulegen und gleichzeitig an einer ganz anderen Stelle den Kahn aus dem Wasser zu ziehen?

Niklas und Julia waren am Boden zerstört. Es war ihr Plan, der in die Hose gegangen war. Wie konnten sie nur so dumm sein?

Imhoteps Jammern riss sie aus ihren trüben Gedanken.

„Ich bin ruiniert", schluchzte er. „Die Mumien habe ich zwar zurück. Trotzdem kann ich mich demnächst selbst einbalsamieren."
Julia fuhr wie vom Donner gerührt zusammen. „Was hast du gesagt?"
„Ich bin ruiniert", wiederholte Imhotep mit kraftloser Stimme.
„Nein, danach", drängte Julia. „Wie war das, du kannst dich selbst einbalsamieren lassen? Ich habe eine Idee!" Sie warf Niklas einen verschwörerischen Blick zu. Er verstand sofort, was sie vorhatte. „Denkst du, was ich denke?", fragte sie nach.
„Du willst doch nicht etwa …?", sagte Niklas grinsend. „Glaubst du, das funktioniert?"
„Es hat doch schon einmal funktioniert", meinte Julia geheimnisvoll. „Wenn auch unfreiwillig. Außerdem glaube ich, wir haben keine andere Wahl!"
„Könnt ihr mir vielleicht mal verraten, wovon ihr sprecht?", unterbrach sie Imhotep. „Ich verstehe kein Wort."
„Es reicht fürs Erste, wenn wir das verstehen", sagte Niklas gönnerhaft. „Geh einfach zu Sno-

fru und sage ihm, die Mumien wären nicht an der vereinbarten Stelle gewesen."
„Warum?", fragte Imhotep verdutzt. „Sie waren doch da!"
„Und dass du die Behörden über den Diebstahl und die Erpressung informieren musst", fuhr Niklas fort, ohne auf Imhoteps Einwand zu achten.
„Auch das noch!", protestierte Imhotep. „Warum sollte ich ausgerechnet die Behörden informieren? Dann spricht sich noch herum, dass mir Mumien abhandenkommen. Das darf auf keinen Fall passieren!"
Niklas konnte schon verstehen, dass Imhotep kein allzu großes Vertrauen mehr in ihre Ideen hatte. Allerdings hatte der Meister auch keinen eigenen Plan.
Schließlich gab er nach. Aber das war weniger Überzeugung als Verzweiflung. „Na gut, da ich keine Wahl habe, tue ich, was ihr sagt", gab er sich geschlagen.
Niklas und Julia schleppten Meni mit aus dem Zimmer. Der hatte zwar auch keine Ahnung, was die beiden vorhatten, aber da sie so über-

zeugt von ihrer Idee zu sein schienen, war er zu allem bereit.

„Jetzt kannst du mal zeigen, was du gelernt hast“, flüsterte Julia ihm ins Ohr.

Frage: *Was geschieht mit dem Beweisstück?*

H: *Es wird in Stücke geschlagen.*

A: *Es wird verlegt.*

Besuch aus dem Jenseits

Trübsinnig machte sich Imhotep auf den Weg zu seinem Kollegen. Er hatte immer noch keine Ahnung, wozu das gut sein sollte. Aber sogar Meni hatte darauf bestanden, und da hatte er nachgegeben.

Obwohl, wäre er nicht dazu verpflichtet, Snofru von den unerhört bösen Anschuldigungen gegen ihn zu unterrichten? Nein, besser nicht. Das konnte er Snofru nicht zumuten, er würde sich das zu sehr zu Herzen nehmen.

Als er bei seinem Kollegen eintraf und ihm von den Ereignissen berichtete, war es genau, wie er es erwartet hatte. Snofru war völlig überrascht von den neuesten Entwicklungen. Er schien sogar unglaublich besorgt darüber zu sein, dass die Mumien angeblich weiterhin verschollen waren. Das war wahre Anteilnahme, da gab es keinen Zweifel.

„Nun ist mein Gold dahin und die Mumien waren trotzdem nicht dort, wo sie sein sollten", schwindelte Imhotep. Er fühlte sich unbehaglich dabei, aber eines Tages würde er Snofru schon alles erklären.

„Das gibt es doch nicht!", stotterte sein Kollege ungläubig. „Das ist völlig unmöglich!"

Er wirkte so ehrlich erschüttert. Am liebsten hätte Imhotep ihm sofort die Wahrheit gesagt, um ihn wieder zu beruhigen. Snofru war völlig aufgelöst.

„Ich meine, das … das … diese Ruchlosigkeit ist unglaublich. Ich bin erschüttert!"

Das war wohl die Trauer darüber, dass er Imhotep so einen schlechten Rat gegeben hatte. Obwohl er selbst es war, der sein ganzes Gold verloren hatte, tat Snofru ihm leid. Immer mehr quälte ihn das schlechte Gewissen, dass er

seinem arglosen Kollegen etwas vorspielte. Trotzdem führte er seinen Auftrag weiter aus.
„Jetzt ist sowieso alles egal", sagte er. „Ich muss die Leibgarde des Pharao informieren. Die Sache wird viel Staub aufwirbeln, bald wird es hier nur so von Leuten wimmeln, die die Sache aufklären wollen. Die werden jeden Stein in der Umgebung umdrehen."
Snofru dachte fieberhaft nach. Was war hier schiefgelaufen? Hatten irgendwelche Leute die Mumien zufällig entdeckt und mitgenommen? Hatten sie gar die Krokodile gefressen? Egal, wenn Imhotep die Sache jetzt an die große Glocke hängte, würde die Leibgarde garantiert auch bei ihm herumschnüffeln. Sollten sie das Gold finden, dann gute Nacht. Er musste Gewissheit haben und die Angelegenheit selbst in die Hand nehmen.
Im äußersten Notfall konnte er Imhotep vielleicht zwei halbfertige Mumien aus seiner eigenen Werkstatt unterjubeln und hoffen, dass es niemand bemerkte. Zufällig hatte er gerade mehr als genügend in Arbeit. Aber erst einmal galt es, Zeit zu gewinnen.

„Bestimmt liegt hier ein Missverständnis vor. An deiner Stelle würde ich erst noch eine Nacht darüber schlafen“, riet er Imhotep aufgeregt. „Oder dem Osiris ein Opfer darbringen.“
Imhotep zuckte mit den Schultern. „Wenn du meinst.“ Er hatte es plötzlich eilig, wieder nach Hause zu kommen. Den armen Snofru so zu quälen, hatte ihn schwer mitgenommen. Am liebsten hätte er sich einfach eine Weile ins Bett gelegt, als er wieder nach Hause kam. Oder er hätte sich mit seinen Mumien in die Arbeitskammer zurückgezogen und sie mit der neuen Tinktur eingerieben. Hauptsache irgendetwas, das ihn von dem ganzen Ärger ablenkte. Aber er war noch nicht durch die Haustür getreten, da nahm ihn Meni schon an der Hand.
„Komm mit, Meister, ich muss dir etwas zeigen“, drängte er und zog ihn wieder nach draußen. Seufzend und widerwillig folgte Imhotep seinem Lehrling.
Zu seiner Verwunderung schleppte Meni ihn zu der Stelle zurück, wo er vor wenigen Stunden die Mumien abgeholt hatte. Was sollte er dort? Kurz bevor sie den Ort erreichten, drängte Meni

ihn hinter ein Gebüsch und sie setzten sich nieder.

„Verrätst du mir jetzt endlich, was das hier soll?“, fragte Imhotep ungeduldig. Doch Meni brachte ihn mit einem Handzeichen zum Schweigen und zeigte auf den Pfad, der von Osten auf die Stelle zuführte. Imhotep erstarrte.

„Da kommt doch Snofru“, flüsterte er. „Woher kennt er die Stelle? Ich habe ihm nichts davon gesagt. Und warum liegen jetzt wieder zwei Mumien dort?“

„Ja, woher kennt er den Ort wohl?“, meinte Meni mit leiser Stimme. Und endlich begriff auch Meister Imhotep, was hier gespielt wurde.

„Und die Mumien, das sind …“, wollte Meni noch sagen. Doch Imhotep unterbrach ihn: „Ich kann mir schon vorstellen, wer das ist. Immerhin hast du schon ziemlich gut gelernt, wie man Mumien einwickelt, das muss ich zugeben. Sie sehen aus wie echt!“

Nachdem Imhotep gegangen war, hatte Snofru das Gold in aller Eile in ein neues Versteck in einem ausgetrockneten Brunnenschacht umgeräumt. Fürs Erste würde das reichen, aber nun musste er nachsehen, was es mit Imhoteps Gejammer auf sich hatte.
Heimlich und verstohlen machte er sich auf den Weg. Er blickte sich vorsichtig nach allen Seiten um. Niemand beobachtete ihn. Es dauerte nur ein paar Minuten, bis er wieder dort war. Ein Stein fiel ihm vom Herzen. Natürlich, da lagen die Mumien noch! Genau an der Stelle, wo er sie abgelegt hatte. Fein säuberlich in leinene Binden eingewickelt. Was für eine Erleichterung! Dieser Imhotep, wahrscheinlich hatte er die Stelle einfach nicht gefunden. Er wurde eben langsam alt. Und so einer war in seinem

Beruf angesehener und erfolgreicher als er! Das war wirklich ein Witz!
Snofru wollte schon wieder gehen, um Imhotep den Rat zu geben, noch einmal genau nachzusehen, da geschah etwas so unsagbar Grauenvolles, dass er noch wochenlang danach Albträume davon bekam.
Die kleinere der Mumien hob langsam die Hand und setzte sich auf. Das musste der Pharao selbst sein.
„Was … was …", stotterte Snofru mit erstickter Stimme, aber mehr brachte er nicht heraus.
Unter den Leinenbinden ertönte ein dumpfes Grollen. Snofru rieb sich die Augen. Doch das war kein Trugbild, das war echt. Die Mumie der Königin erhob sich langsam und kam mit drohend erhobenem Arm auf ihn zu.
„Elender Verbrecher", ertönte eine dumpfe Stimme. „Du wagst es, uns wieder unter die Augen zu treten, nachdem du uns geraubt und den Meister um sein Gold gebracht hast?"
Snofru zitterte am ganzen Leib. „Ich … ich bringe das Gold sofort wieder zurück, ich schwöre es …", stammelte er entsetzt.

„Wie hast du es angestellt, Imhotep deine letzte Nachricht zu überbringen?", meldete sich die dumpfe Stimme wieder.
„Mein Diener hat sie abgeliefert", würgte der verängstigte Snofru hervor.
„Der Schurke wird seiner gerechten Strafe nicht entgehen", drohte die Mumie.
„Nein, der wusste von nichts", sagte Snofru ohne nachzudenken, sodass sie sich sicher sein konnten, dass er die Wahrheit sprach. „Er kann doch nicht lesen. Ich habe ihm gesagt, es wäre ein Liebesbrief an Imhoteps Tochter und er solle ihn unbedingt so ablegen, dass ihn niemand bemerkt. Also hat er gewartet, bis alle aus dem Haus waren." Snofru fiel auf die Knie. „Vergebt mir, ich werde alles wiedergutmachen!"
Niklas und Julia mussten sich zusammenreißen, um nicht laut loszulachen. Aber sie hielten durch. Die Bäuche taten ihnen schon weh, doch dadurch wirkte es nur umso echter, als sie sich in krampfhaften Zuckungen zu Boden sinken ließen und sich wieder tot stellten. Snofru hatte jetzt endgültig genug gesehen und raste schreiend und in Panik davon.

Sobald er weit genug weg war, kamen Meni und Imhotep aus ihrem Versteck gekrochen und halfen den beiden aus ihren Mumienkostümen. Es dauerte eine ganze Weile, bis sie Niklas und Julia ausgewickelt hatten.
„Ich muss zugeben, diesmal war euer Plan ein Volltreffer", meinte Imhotep lächelnd. „Eine solche Niedertracht hätte ich Snofru niemals zugetraut, wenn ich nicht mit eigenen Ohren gehört hätte, was er gesagt hat."
Niklas grinste ihn zufrieden an. „Ich wette, du musst nicht lange auf dein Gold warten!"

Frage: *Was soll Imhotep Snofru erzählen?*

E: *Dass die Mumien nicht an der vereinbarten Stelle waren.*

N: *Dass an der vereinbarten Stelle die falschen Mumien waren.*

Zurück in die Gegenwart

Das Gold kam sogar noch schneller zurück als sie es für möglich gehalten hatten. Als sie zu Imhoteps Haus zurückkehrten, lag es bereits in einem großen geflochtenen Korb vor der Tür. Imhotep hob den Korb kurz an, um das Gewicht zu prüfen.

„Es scheint nichts zu fehlen“, stellte er zufrieden fest. So ganz wollte er seinem Gefühl aber nicht trauen und trug deshalb jeden Gegenstand einzeln ins Haus. Es waren vor allem kleine Statuen und Amulette, Broschen und andere Schmuckstücke, aber auch ein paar schlichte Goldbarren. Alles verschwand in einer Nische in seinem Schlafzimmer, vor die er sein schweres Bett schob.

„Ich weiß nicht so recht“, flüsterte Julia ihrem Bruder zu. „Ein sicheres Versteck ist das nicht gerade, ich könnte da jedenfalls nicht ruhig schlafen.“ Aber so etwas wie Banktresore schien es hier nicht zu geben.

Imhotep war jedenfalls bester Dinge und machte sich offensichtlich keinerlei Sorgen.

Stattdessen konnte er gar nicht mehr aufhören, über beide Ohren zu grinsen. Meni und er fanden es unglaublich komisch, dass Snofru auf den Trick mit den lebenden Mumien hereingefallen war.

„Ich kann nicht begreifen, wie man nur so dumm sein kann“, meinte Imhotep. „So ein billiger Trick! Dabei ist Snofru doch vom Fach und hätte sofort erkennen müssen, dass ihm etwas vorgespielt wird.“

Niklas und Julia tauschten einen vielsagenden Blick.

„Ihr seid doch selbst auch darauf reingefallen!“, rieb ihm Julia unter die Nase. „Habt ihr das etwa schon vergessen?“

Imhotep wurde knallrot.

„Äääh, ja …, aber …“, stotterte er hilflos wie ein ertappter Dieb. „Das war doch etwas ganz anderes. Das Licht war viel schlechter und … äääh …“ Schließlich musste er über sich selbst lachen. „Na gut, wir sind eben alle dumm gewesen“, sagte er kichernd. „Und was tun wir jetzt? Sollen wir Snofru der Leibgarde des Pharao melden?“

Julia hatte darüber schon eine ganze Weile nachgedacht. „Ich glaube, es ist besser, wir belassen es dabei", riet sie Imhotep. „Snofru muss nicht unbedingt wissen, dass er auf einen billigen Trick hereingefallen ist. Er wird dich so oder so nie mehr bestehlen." Imhotep nickte. Ihm war es auch lieber, wenn niemand vom vorübergehenden Verschwinden der Mumien erfuhr.

„Ich habe lange überlegt, wie ich mich bei euch bedanken kann", sagte Imhotep nachdenklich. „Soll ich ihnen etwas von meinem Gold abgeben, habe ich mich gefragt."

Niklas bekam Augen groß wie Untertassen.

„Doch dann kam mir der Gedanke, dass Gold kommt und geht", fuhr Imhotep fort.

Was sollte das nun wieder heißen? Niklas zog ein mürrisches Gesicht.

„Es kommt im Leben aber darauf an, etwas zu haben, das bleibt", erklärte Imhotep salbungsvoll. „Das ist viel wertvoller als Gold!"

Niklas und Julia blickten ihn fragend an.

„Ihr habt die weite Reise aus dem fernen Norden Assyriens angetreten, um das schwierige

Handwerk des Schiffbauers zu erlernen", sagte Imhotep feierlich.
Julia nickte. Stimmt. Das hatten sie schon völlig vergessen.
„Nun hat euch das Schicksal aber zu mir geführt", fuhr Imhotep fort. „Das Handwerk des Schiffbauers ist ein ehrbares Handwerk, daran gibt es gar keinen Zweifel. Aber ich werde euch das noch viel ehrbarere Handwerk des Einbalsamierers lehren. Das ist mehr, als jemals einem Assyrer zuteil wurde. Was sagt ihr?"
Meni war sofort Feuer und Flamme. Er konnte es kaum erwarten, den beiden zu zeigen, wie man eine Katze präparierte. Ganz abgesehen

davon, dass er Niklas und Julia in sein Herz geschlossen hatte.
Zur großen Überraschung von Imhotep und Meni schienen die beiden allerdings nicht so begeistert von dem Angebot zu sein. Sie hatten weder die Absicht, im alten Ägypten zu bleiben, noch den Wunsch, Tiere oder gar Menschen einzubalsamieren. Aber sie wollten Imhotep, der es ja nur gut mit ihnen meinte, auch nicht vor den Kopf stoßen. Und Meni wollten sie auch nicht enttäuschen.
„Warum sagt ihr nichts?", fragte Imhotep.
Julia legte sich eine Erklärung zurecht.
„Mein Bruder hat Heimweh", behauptete sie nach kurzem Nachdenken. Niklas starrte sie entsetzt an und wollte schon lauthals protestieren. Er hatte nicht die geringste Lust, den kleinen Bruder zu spielen, auf den man immer Rücksicht nehmen muss, weil er so ein Jammerlappen ist. Aber Julia zwinkerte ihm zu und er verstand. Es war Zeit, zu gehen.
„Außerdem verträgt Niklas das ägyptische Essen nicht", fuhr Julia fort. Diesmal nickte Niklas aus tiefster Überzeugung.

„Aber das ist doch köstlich!“, widersprach Meni. Wieder etwas, das er nicht verstehen konnte. Diese Assyrer waren schon rätselhafte Menschen. Das mit dem Heimweh konnte er eher nachfühlen. Er hätte auch keine Lust gehabt, in Assyrien zu leben. Wer weiß, was es da so zu essen gab …

Imhotep war ein bisschen enttäuscht, aber er bedrängte sie nicht. „Es ist eure Entscheidung“, sagte er leise. „Aber ich werde Vorsorge treffen für die Zeit, wenn ihr nicht mehr da seid, um mir selbst zu helfen.“

Niklas und Julia blickten ihn fragend an.

„Diese Geschichte wird mir eine Lehre sein“, erklärte Imhotep. „Ich wollte den alten Schuppen sowieso schon lange abreißen. Ich lasse einen neuen bauen, in den Diebe garantiert nicht reinkommen.“

Julia konnte sich darüber nicht so freuen wie Imhotep.

„Eine gute Idee“, meinte sie vorsichtig. „Wann willst du das machen lassen?“

„Mit dem Abriss fange ich am besten noch heute an“, verkündete Imhotep voller Elan.

Julia hatte es auf einmal ganz eilig, mit ihrem Bruder unter vier Augen zu sprechen.
„Hast du das gehört?", flüsterte sie ihm zu. „Der Schuppen, in dem wir angekommen sind, ist morgen wahrscheinlich schon nicht mehr da!"
„Na und?", sagte Niklas teilnahmslos. „Ist doch eine gute Idee von Imhotep, die alte Ruine abzureißen."
„Kapierst du nicht? Wenn der alte Schuppen weg ist, können wir vielleicht nie mehr zurück! Er ist unser Tor in die Gegenwart. Oder die Zukunft. Oder was auch immer."
Der Gedanke, Eltern, Freunde, Kaugummi mit Kirschgeschmack und alles mögliche andere für immer aufgeben zu müssen und stattdessen mit seiner Schwester, Meni und Imhotep sein Leben lang Mumien einzubalsamieren, behagte Niklas ganz und gar nicht. Es lief ihm eiskalt den Rücken hinunter.
„Verlieren wir keine Zeit mehr!", sagte er mit fester Stimme.
Die beiden hätten gerne noch ein wenig mehr Zeit mit Meni und Imhotep verbracht und sich

in aller Ruhe von ihnen verabschiedet. Doch jetzt hatten sie es nur noch eilig.
„Wir müssen noch heute abreisen", gab Julia bekannt. Meni und Imhotep starrten sie überrascht und traurig an.
„Heute schon?", fragte Meni.
„Sofort, um genau zu sein", erklärte Julia. „Und ihr dürft uns nicht hinterhersehen, wenn wir gehen. Auf keinen Fall! So ist es bei uns daheim Brauch, damit man sich auch mit Sicherheit wiedersieht."
Julia hatte keine Ahnung, wie sie so schnell auf diesen Quatsch gekommen war, aber Imhotep und Meni waren beeindruckt. Die beiden versprachen, sich unbedingt an Julias Anweisungen zu halten.

Nach dem kurzen Abschied brachen Niklas und Julia nach Norden auf, nur um nach ein paar Metern kehrtzumachen und in den Schuppen zu schleichen.
Von hier aus waren sie schon einmal zurück in die Gegenwart aufgebrochen. Diesmal konnte sie nichts mehr aufhalten. Sie hatten wissen

wollen, wo sie gelandet waren und das hatten sie erfahren. Ziemlich genau sogar.
Nachdem sie ihre alten Sachen wieder angezogen hatten, fassten sie sich an den Händen und berührten die Wand. Sofort war da wieder das Gefühl, die Wand würde sich in Gummi verwandeln und der Boden unter ihren Füßen geriet ins Schwanken. Tiefschwarze Dunkelheit wechselte sich mit grellen Lichtblitzen ab. Sie hatten den Eindruck, sich mit rasender Geschwindigkeit vorwärts zu bewegen. Bis sie plötzlich zum Stillstand kamen.

Die Geschwister schauten sich an. Ein Blick durch den Raum reichte, um ihnen zu sagen, dass sie wieder in ihrer Höhle waren.
„Was für ein Tag wohl heute ist?“, überlegte Niklas.
„Lass mal nachdenken“, sagte Julia. „Lauras Party war Freitagnachmittag, wir waren ungefähr zwei Tage weg … Auweia! Heute müsste Sonntag sein!“
„Bestimmt haben unsere Eltern schon eine Vermisstenanzeige bei der Polizei aufgegeben“, vermutete Niklas.
Plötzlich hatten sie es ziemlich eilig, in die Stadt zu kommen. Sie hatten völlig vergessen, was für ein Aufsehen ihr Verschwinden vermutlich machen musste.
Auf dem Weg zu ihrem Haus kamen sie an Lauras Garten vorbei. Merkwürdigerweise war dort schon wieder eine Party. Ungläubig starrten sie auf die Szene. Sogar die gleichen Gäste wie vorgestern waren da.
„Wo wart ihr bloß? Wir haben euch fast eine halbe Stunde gesucht!“, riss Laura sie aus ihrem Nachdenken.

Eine halbe Stunde? Niklas und Julia blickten sich verblüfft an. Das war ungefähr die Zeit, die sie gebraucht hatten, um zur Höhle und wieder zurück zu kommen.
„Wo seid ihr denn bloß gewesen?", bestürmte sie Laura.
Niklas wollte schon anfangen, die ganze Geschichte zu erzählen. Doch Julia trat ihm verstohlen auf den Fuß und er verstand und hielt seinen Mund. Geglaubt hätte ihnen sowieso niemand.
„Unser Versteck war zu gut", erklärte Niklas. „Dann mussten wir unterwegs noch ein paar alten Freunden helfen."
„Was für alte Freunde?", fragte Laura. „Na, ist ja auch egal." Sie hatte nicht die geringste Lust, sich die langweiligen Erklärungen der beiden anzuhören.
„Jetzt habt ihr das Beste verpasst!", verkündete sie stattdessen. „Yannick hat gerade Karaoke gesungen!" Gespannt wartete sie auf die langen Gesichter, die die beiden jetzt machen mussten. Doch Niklas und Julia schauten sich nur an und mussten grinsen.

Na gut, dann hatten sie eben das Beste verpasst. So ein Pech aber auch. Damit konnten sie heute leben.

Frage: *Wie will Imhotep Niklas und Julia belohnen?*

B: *Er bietet ihnen die Hälfte seines Goldes an.*

N: *Er will ihnen zeigen, wie man Mumien einbalsamiert.*

Lösung: *HIEROGLYPHEN*